KB001664

없는 사람

최 정 화 장 편 소 설

없는 사람

은행나무

* 이 도서의 국립중앙도서관 출판시도서목록(CIP)은 서지정보유통지원시스템 홈페이지(http://seoji.nl.go.kr)와 국가자료공동목록시스템(http://www.nl.go.kr/kolisnet)에서 이용하실 수 있습니다.
(CIP제어번호: CIP2016027394)

차례

1
여섯 번째 죽음입니다

“그 화살이 어떻게 우리한테 돌아옵니까? 아니지, 아니지, 그렇게 말씀하시면 안 되죠. 그건 정말 아니다. 그런 식으로 따지자면 멀쩡한 사람이 길 가다 픽 쓰러져 죽어도 그게 죄다 우리 탓이게요. 이 부장님이 이러시면 저희가 곤란합니다. 우리가 누굴 믿고 일하는데요?”

무오가 탈취제가 든 비닐봉지를 들고 사무실로 돌아왔을 때 이부는 통화 중이었다. 얼굴이 붉게 달아오른 채 소파와 선반 사이를 반복해서 왕복하는 이부의 오른손에는 담배가 들려 있었다. 불과 십 분 전에 이부는 금연을 선언하고 사무실에 밴 담배 냄새를 제거하겠다며 무오에게 페브리즈를 사오라고 시켰다. 심신을 안정시키는 효과가 있으니 라벤더 향으로 부탁한다는 말을 덧붙이며 담배랑 라이터를 휴지통에 버렸다. 무오는 보라색 꽃무늬가 그려진 페브리즈를 이부의 책상 위에 올려놓고 소파에 털썩 주저앉았다. 그리고 비닐봉지에서 원통 모양의 플라스틱통을 꺼내 고체껌 두 알을 입안에 털어넣었다.

이부가 무오 쪽을 흘끗 쳐다본 뒤 목소리를 낮추더니 문을 열고 복도로 나갔다. 간혹 언성 높은 이부의 목소리가 복도를 울렸다. 하지만 무슨 얘기를 나누고 있는지는 알 수 없었다. 무오는 어깨를 웅크린 채 딱딱한 설탕 코팅이 으스러지는 느낌에 집중하면서 천천히 입을 우물거렸다. 무오의 표정이 점차 밝아졌다. 무오는 껌통을 돌려가며 포장을 찬찬히 살피더니 아이스쿨, 이라고 소리내어 읽었다.

이부가 휴대폰을 재킷 주머니에 넣으며 사무실로 들어왔다.

"무슨 일 있어요?"

이부는 대꾸가 없었다. 책상 의자에 앉아 담배를 하나 더 피우며 골똘히 생각에 잠겼다. 좀 전에 술 한잔하자고 부른 건 잊은 것처럼 보였고 무슨 일인지 모르지만 사무실에 더 있어봤자 마음만 불편할 것 같았다. 언제 일어나는 게 좋을지 머리를 굴리던 차에 이부가 자리에서 벌떡 일어났다.

이부는 책상 위의 라이터를 집어들더니 별안간 무오를 향해 던졌다. 무오가 몸을 돌려 날아오는 라이터를 피했다. 라이터는 소파 너머 선반에 부딪쳤다가 생각보다 시시한 소리를 내며 바닥으로 떨어졌다. 무오가 벌떡 일어났다.

"아이씨, 뭐예요?"

이부가 테이블을 향해 천천히 걸어왔다.

"그렇지."

"나한테 왜 이러는 건데요?"

"잘했어. 뭐가 날아오면 잽싸게 피해야지."

이부는 제가 말하고 제가 고개를 끄덕였다.

"사랑하는 두 사람이 한방에 있다고 쳐."

이부는 언제나 정확한 요점을 제시하지 않고 얘기를 시작하는 버릇이 있었다. 대개는 쉬운 얘기를 복잡하고 어렵게 돌려서 길게 말하는 걸 좋아했다. 말하다가 자신의 얘기에 빠져들어 감탄하는 것도 언제나 이부 자신이었다. 무오를 붙들고 설을 푸는 것처럼 보였지만 그건 스스로를 설득하는 과정에 가까웠다. 이부가 볼펜을 쥐고 테이블 저편에 있는 신문을 끌어왔을 때 무오는 또 하나의 통찰이 시작되는 순간임을 짐작했다.

이부는 제법 큰 사각형을 그리고, 안에 작은 원을 두 개 그렸다. 사각형은 방을, 원은 사람을 뜻하는 모양이었다.

"두 사람은 함께 사랑을 나누겠지. 본능이야. 그런데 만일 두 사람이 사랑을 나눌 경우에 방문이 열리고 사형대가 그 둘을 기다리고 있다고 치자. 그러면 두 사람은 어떻게 할까?"

무오의 표정을 살피던 이부가 원과 원 사이에 X자를 그려 넣었다.

"사랑을 나누는 걸 포기하면 되잖아. 이성이 있으니까. 인간이란 이성으로 본능을 넘어설 수가 있는 존재라는 거지."

무오가 천천히 고개를 끄덕였다.

"그런데 말이다, 인간이란 또 그렇지만은 않다는 거야. 사랑을 나누는 즉시 목숨을 빼앗긴다고 해도, 다음날 아침에 모가지가 날아갈 것을 알면서도 사랑을 나누는 게 또 인간이라는 거야. 이성으로는 이해할 수 없는 영역인 거지."

이부가 볼펜을 물었다.

"내가 도저히 이해할 수 없는 부분이 바로 그 지점이다. 무오 넌 어떠냐? 이 두 사람이 이해가 가? 죽는다는 걸 알면서 정말 그럴 수 있을까?"

이부가 직사각형 모양의 방 옆에 도끼 모양의 날을 그렸다. 칼날의 휘어지는 곡선을 서너 번 덧그릴 즈음 볼펜심이 다 닳았다.

이부가 무오의 대답을 기다리다가 볼펜을 집어던졌다.

"말자."

이부가 한숨을 내쉬더니 소파에서 일어났다. 정수기 옆 벽에 걸린 거울에 얼굴을 비춰 보며 머리카락을 쓸어올렸다. 세로가 긴 직사각형 모양으로 모서리를 둥글고 매끄럽게 깎아낸 나무틀 거울은 건물에 들어오기 전부터 이 자리에 걸려 있었다. 거울은 이부가 쓰는 책상 하나에 소파와 테이블, 선반만 덩그러니 있는 이곳에서 그나마 유일하게 장식적인 효과를 발휘했다.

"어때 보이냐? 이거 오징어 먹물인데 일반 블랙보다 삼만원이나 더 주고 한 거야."

"검게 보이는데요."

무오는 석유난로를 끌어당기며 퉁명스럽게 대꾸했다. 아까 잠시 차 안에서 눈을 붙일 때 잠을 잘못 잔 모양인지 온몸이 뻐근했다. 난로가 바닥에서 끌리는 소리에 이부는 눈살을 찌푸리면서도 거울에서 눈을 떼지는 않았다.

"좀 성의 있게 대답해줄 수는 없는 거냐? 넌 어떻게 형한테 그렇게 관심이 없어?"

"검은 걸 노랗다고 할 수도 없고."

이부가 한마디 쏘아붙일 생각으로 무오를 돌아보았다가 혀를 찼다.

"젊은 놈이 패션에 신경 좀 쓰지그래. 어떻게 맨날 똑같은 옷만 입냐? 너 그거 빨아는 입는 거야?"

이부가 정말 궁금하다는 듯이 물었다. 무오는 소파에서 일어나 몸을 앞으로 기울이고 거울에 자신의 모습을 비쳐 보았다. 무오의 얼굴에 은근한 미소가 떠올랐다. 무오는 터틀넥을 펼쳤다가 다시 두 번 접어 가지런히 정리하고 난 뒤 소파에 엉덩이를 천천히 내려놓았다.

"스티브 잡스도 늘 검은 티에 청바지를 입었어요. 남자가 큰 일을 하려면 어떤 부분에 대해서는 단호하게 관심을 끊을 줄도 알아야 한다고요."

"됐고. 지금 내가 전송기로 도트 사진이랑 약도 보냈으니까 내일부턴 그쪽으로 이동해."

"네."

"대답은 잘해, 항상."

이부의 날카로운 시선이 무오를 머리에서 발끝까지 쭉 훑어 내렸다.

"아깐 별일 없었고?"

"별일이요?"

이부가 고개를 까딱거렸다.

"공장 갔다가, 집에 갔다가, 다시 공장 갔다가 집에 갔다가, 차에서 내리지도 않고 똑같은 델 왔다 갔다만 하는데, 와, 아주 사람 환장하는 줄 알았네. 별일은 없었어요. 건널목에서 신호 걸렸을 때 뒤에서 가볍게 받았는데, 요란하게 흔들리기만 했지 기스도 거의 안 나고. 이젠 기술이 늘어서 예상한 그대로 견적이 나온다니까요."

이부는 웃는 건지 찡그리는 건지 모를 무오의 얼굴에서 시선을 떼지 않았다.

"그래서?"

"명함 넘기고 바로 오는 길이죠."

"똑같은 델 계속 왔다, 갔다?"

이부가 볼 안쪽으로 혀를 집어넣었다.

"예."

무오가 고개를 갸웃거렸다.

"공장, 집, 공장, 집."

미심쩍은 듯 이부가 중얼거렸다.

"그래요. 공장, 집, 공장. 집. 아까 다 찍어 보냈잖아요."

"위치야 확인했지. 근데 공장, 집, 공장, 집이라고 하니까 새롭네. 뭐 다른 건 없고?"

"글쎄요."

"공장, 집, 공장, 집."

이부가 다시 중얼거렸다.

"아, 편의점에 들렀어요. 검은 봉지를 들고 나오던데."

"검은 봉지?"

"네."

"그 안에 뭐가 들었는데?"

"그걸 내가 어떻게 알아요?"

"인마, 편의점에서 살 수 있는 게 빤하고, 꼭 눈으로 확인해야 아냐? 저게 가벼운지 무거운지, 뭐 하다못해 깨질까봐 조심스럽게 다뤘다든지, 뭐 그런 느낌이라는 게 있잖아."

무오가 고개를 저었다. 이부가 소파 위, 껌통이 든 비닐봉지를 흘끗 바라보았다.

"보통은 투명한 비닐봉지에 담아주지 않나?"

"검은 봉지나 흰 봉지나 물건만 담으면 그만이지 무슨 색깔을 따져요."

"검은 비닐봉지……"

이부가 허공에 시선을 둔 채로 목소리를 내리깔았다. 무오는 대꾸를 하지 않았고 이부도 혼잣말을 중얼거리며 멍하니 허공만 바라보았다. 이부는 불 붙이지 않은 담배를 입에 문 채 이제 나가봐야 되니까 너도 오늘은 일찍 들어가라, 라고 평소답지 않게 담담한 어투로 말했다.

"술 한잔하자면서요?"

"내가 그랬나?"

"아까 전화해서 나더러 사무실로 오라고."

"그래서 니가 집으로 안 가고 이리로 왔구나. 아깐 머리도 한 김에 술 한잔하려고 했지. 비도 오고 기분도 야릇하고 해서. 미안하다. 지금 급하게 일 터져서 바로 나가봐야 되게 생겼어."

무오는 껌통을 주머니에 넣고 사무실에서 나왔다. 언제부터 다시 쏟아지기 시작했는지 굵은 비가 주룩주룩 내리고 있었다. 그러고 보니 우산을 두고 나왔다. 무오가 다시 사 층에 올라가 사무실 문을 열었을 때 이부는 다시 수화기를 들고 심각하게 떠들어대고 있었다. 이부가 무오를 힐끗 바라봤다. 무오는 소파 옆에 세워놓은 우산을 들고 이걸 가지러 돌아왔다는 사인으로 흔들어 보였다. 이부가 알았다는 눈짓을 보냈다. 무오는 사무실에서 나와 복도 유리창 앞에 섰다.

창문에 타닥타닥 달라붙은 물방울을 바라본다고 한창 넋이 팔려 있는데 어느새 나타난 이부가 등을 툭 쳤다.

"아, 깜짝이야."

"안 가고 거기서 뭐 하냐."

"이제 가려고요."

"나간 게 언젠데 여기서 아직 이러고 있어."

이부는 겨울비가 이렇게 많이 내리는 건 처음이라고 중얼거리며 복도를 지나갔다. 이부가 먼저 계단을 내려가고 무오가 이부의 뒤를 쫓았다.

일 층에 내려온 이부는 우산을 펴기 전에 뭔가 생각났다는 듯이 무오를 돌아봤다.

"목티를 입네?"

"겨울엔 목티죠. 얼마나 따뜻한데. 목티 없이 어떻게 겨울을 나요?"

"그래, 넌 목티 입어서 좋겠다."

이부는 주차장 쪽으로, 무오는 반대쪽 먹거리 시장 쪽으로 빠졌다. 허기나 좀 채우고 갈 생각이었다. 고춧가루를 푼 순대국? 비도 오는데 김치전에 해물칼국수는 어떨까? 메뉴를 생각하며 무오는 입맛을 다셨다. 여름에 일을 시작했으니까 이제 반년을 채운 셈이다. 노진에서 일할 때보다 보수는 훨씬 많았고 일이 일찍 끝나는 날이면 자유롭게 쉴 수도 있었다. 몸 쓰는 게 영 젬병이어서 노진에선 우습게 보았던 이부 같은 작자의 잔소리를 듣는 것만 빼면 그다지 불만은 없었다. 좋아서 하는 일은 아니었지만 세상에 누군들 좋아서 일을 하는가. 꼬박꼬박 저금을 하고, 전에는 생각도 하지 못했던 헬스클럽 회원권도 끊었다. 그 정도로 무오는 만족했다.

칼국수 집으로 들어갔다. 오른쪽 어깨가 흠뻑 젖어 있었다. 이부는 무오가 둔하다며 곧잘 핀잔을 줬다. 술에 취하면 야, 김무오, 이 둔한 새끼. 넌 머리가 나쁘든가 더럽게 이기적이든가 둘 중 하나야, 라며 손가락질을 했다. 머리가 나쁜 건 싫으니까 이기적이라고 해두자며 무오는 적당히 타협했지만 남의 기분 따위 생각하지 않고 제 할 말을 마음껏 지껄여대는 이부에게 왜 그런 소리를 들어야 하는지 영문을 몰랐다.

그러고 보니 아까 목티를 가지고 비웃은 것도 영 기분 나빴다. 목티가 왜 문제가 되는가. 디자인이 촌스럽다는 뜻인가. 무오는 그렇게도 생각해보았지만 이부가 남의 패션감각을 탓할 처지는 못 되었다. 목티가 왜, 목티가 어때서, 라고 중얼거리면서 무오는 점퍼를 벗고 비를 털어냈다.

구석에 자리를 잡고 해물칼국수를 시켰다. 메뉴판을 보니 안

온 사이에 오백원이 올라 있었다. 칼국수를 기다리며 창밖으로 비가 내리는 모습을 하염없이 바라봤다. 비를 보고 있으면 마음이 편안해졌다. 빗소리가 좋았다. 비가 오는 날엔 집에 틀어박혀 빗소리를 듣다가 잠에 들고, 깨면 다시 빗소리에 귀를 기울였다. 그러면 다시 기분 좋게 잠이 몰려왔다.

주인 여자가 쟁반에 칼국수를 내왔다. 말간 국물에 담긴 하얗고 통통한 면발을 보고 있자니 입안에 침이 고였다.

"벌써 여섯 번째 죽음입니다. 오늘 오후 여섯 시경 해고 노동자 박태권 씨가 자택 인근 산중턱에서 자신의 승용차에……"

하루만 바르고 자면 피부색을 오 년 전으로 되돌려준다는 화장품 광고가 끝난 뒤, 파란 양복 상의를 입은 앵커가 굳은 얼굴로 뉴스를 전하기 시작했다. 주인 여자가 리모컨을 눌러 채널을 바꿨다. 삼 년 전 전성기를 누렸던 삼십대 중반의 코미디언이 불판 위의 고기를 집어 입안에 넣고 과장된 표정을 지었다. 코미디언이 입을 우물거리는 것을 보면서 무오도 입을 우물거렸다.

면발을 입에 욱여넣다가 무오는 갑자기 정신이 든 듯 창밖을 바라보았다. 그러고 보니 꿈속에서도 비가 온 것 같았다. 폐선의 갑판 위로 후두둑후두둑 떨어지던 빗방울 소리가 선명히 기억이 났다.

배는 에메랄드 페인트 칠이 벗겨지고 군데군데 녹이 묻은 폐선으로, 바다에 나간 지 꽤 오래된 것으로 보였다. 역시 녹이 슨

쇠사슬에 묶인 채 개펄에 올라와 있었다. 배의 갑판이 열리며 검은 옷을 입은 사람들이 한 명씩 나왔다. 모두 다섯이었다. 체구는 제각기였고 표정을 읽기는 어려웠지만 멀리서 봐도 단단한 근육질의 몸 같았다. 머리엔 흰색 헬멧을 쓰고 왼손에는 길다란 봉을 들고 있었다. 봉을 쥐고 있는 팔의 각도와 자세가 하나같이 비슷했다.

그들은 쪼그리고 앉아 저희들끼리 시시덕거렸다. 그들 중 하나가 일어나 폐선의 뱃머리를 발로 찼다. 나머지 넷이 고개를 젖히며 웃어댔다. 그러자 다른 하나가 흥이 난 듯 뱃머리에 올라가 발을 굴렀다. 나머지 넷이 아까보다 더 크게 웃어댔다. 다른 이들더러 들으라는 듯 일부러 톤을 높여 과장되게 웃고 있었다. 뱃머리에 올라선 이는 그 웃음소리에 힘을 얻은 듯 곤봉을 머리 위로 치켜들고 바닥을 두들기기 시작했다. 그들은 저희들끼리 뭐라고 귓속말을 하고는 또다시 기괴하게 웃었다. 이제 그들은 더 신이 난 듯 보였다. 곤봉으로 내리치고 발로 차고 아무 데나 침을 퉤퉤 뱉었다. 웃고 떠들던 와중에 한 사람이 갑자기 말을 멈추고 주위를 둘러봤다. 그는 무오를 발견했고, 발견하자마자 오른팔을 치켜들고 검지를 세워 무오를 가리켰다. 그리고 뭐라고 외쳤다. 날카롭고 신경질적인 음역대였다. 나머지 넷도 무오를 향해 손가락을 치켜들었다. 그들은 입을 모아 소리를 질렀다. 약속이라도 한 듯 동시에 몸을 틀고 일제히 곤

봉을 휘두르며 무오를 향해 돌진했다.

'와아아아아아아아아아.'

핸드폰 수신음이 울렸다. 메시지가 도착했다.

이부였다.

'오늘 같은 날에는 푹 자. 괜히 티비 같은 거 보지 말고.'

2
인간이랑 동물의 차이가 뭐냐

페인트 칠도 하지 않은 시멘트 벽, 바닥에는 장판지만 겨우 깔아 구색을 맞춰놓은 곳이라 식당이라고 부르기도 뭣했다. 폭이 좁은 테이블을 다닥다닥 붙여놓았지만 오백 명이 넘는 인부들이 한꺼번에 식사를 하기에는 아무래도 무리였다. 빈자리를 찾기 위해서는 운이 따라야 했다. 라인에 깔린 물품을 트럭에 다 싣지 못해 아슬아슬하게 시간대를 놓치면 복도 창턱에 식판을 걸쳐놓고 한 손으로 받친 채 밥을 먹어야 할 때도 있었다.

그래도 마음껏 밥을 먹을 수 있다는 게 좋았다. 오늘은 오징어볶음이 나와서 기분이 좋은 김에 무오는 밥을 한 주걱 더 얹었다. 빈자리는 없었다. 식판을 거의 다 비워가는 인부의 다음 자리를 차지할 양으로 열심히 두리번거리는데 뒤에서 누가 불렀다. 식판을 든 이부가 검은 땀이 눌러붙은 얼굴로 해사하게 웃으며 윙크를 했다. 다소 과장된 친근함이 어색하게 느껴져서 무오는 건성으로 대답하고 자리를 찾았다. 이부가 무오의 옆에 찰싹 달라붙었다. 첫날부터 행동은 굼뜬데 말이 너무 많아 며칠 못 갈 거라고 생각했는데, 이부는 용케도 한 달째 버티고 있었다. 이 짓은 더 이상 못 해먹겠네, 사람이 할 짓이 아니네, 하면서도 다음날이면 바지 뒷주머니에 한 손을 꽂고 담배연기를 훌훌 뱉으며 팔자걸음으로 나타나는 걸 보고 모두들 저놈이 언제 그만두나, 그만둘 때가 지나 보이는데 하는 눈빛으로 쳐다보곤 했다.

눈여겨보던 자리에서 막 인부 두 명이 일어났다. 무오와 이부는 잽싸게 자리를 꿰차고 앉았다. 무오는 식판에 고개를 처박고 부지런히 수저질을 시작했다.

"너 정말, 진짜, 많이 먹는다."

"힘 쓰려면 이 정도는 먹어야죠."

무오가 이부의 식판을 흘끗 쳐다봤다. 멸치볶음은 아예 담아오지도 않았고, 밥도 무오의 절반 정도다.

"그거 먹고 무슨 힘을 써요. 그러니까 사람이 매일 비실대지."

"너 여기 온 지 얼마나 됐냐?"

"얼마나 된 지는 안 세어봤지만 밥 그만큼 먹는 사람치고 오래 버티는 사람은 못 봤어요. 뭐 딴 데 알아봐야 하지 않겠어요?"

"딴 데?"

"내가 보기에 그쪽 주특기는 요거 같으니까."

무오가 입술을 쭉 뽑아 내밀었다. 이부가 피식 웃었다.

"위장 커서 좋겠다. 이 새끼야."

이부는 밥은 먹는 둥 마는 둥 하고 또 입을 놀리기 시작했다. 그렇지 않아도 다른 일을 알아보고 있는 참이라는 것이다. 무오더러 여기서 얼마나 있었느냐고 다시 묻더니 무조건 버티고 보는 게 능사가 아니라고 제법 진지한 얼굴로 얘기했다.

"어차피 오래 할 일은 못 돼. 할 수 있다고 해도 몸 다 망가지면 그게 무슨 소용이야."

이부는 억지로 입안에 밥을 한 술 떠넣는 것 같더니 씹지도 않고 계속 떠들었다.

"분명히 레일 위의 상자는 똑같은 간격으로 밀려오잖아. 그런데 한순간 속도를 놓치면 상자가 더 빨리 들어오는 거야. 그때부턴 계속 레일만 의식하게 되지. 그럼 속도가 점점 더 빨라지고. 숨이 막히고. 결국엔 상자들에 밀려 압사할 것 같고. 레일에 먹혀버리는 거야. 너도 그거 느껴봤지?"

"알아요."

"실제로 상자 하나쯤 놓친다고 해서 뭔 일이 일어나겠냐. 안 죽어. 한 실장 그놈의 새끼한테 개욕을 처먹을 수는 있겠지. 하지만 그 욕이 듣기 싫어서 레일의 속도를 따라가다 보면, 속도에 가속도가 붙고 자기 리듬이 엉망이 되고. 그럼 그땐 진짜 죽을 수도 있는 거야. 그래서 엊그제 박 씨가 실려나간 거고."

지난주에 운송 레일에서 사고가 있었다. 박은 들어온 지 일주일이 안 되는 신참으로, 일도 잘하고 성격도 그만그만해서 평가가 나쁘지 않았다. 체력이 좀 안 따라줘서 한 실장이 상차 작업에서는 무조건 제외시켰고 벨트컨베이어를 따라가며 상자를 골라내는 분류작업을 맡겼다. 근데 그것도 시원치 않았다. 박의 서글서글한 성격이 맘에 들었는지 성질 더러운 한 실장이 이번에는 바코드 찍는 일로 빼줬다. 근데 그날 사고가 났다. 가만히 서서 바코드를 찍던 박이 쓰러졌다. 응급실로 실려가기도 전에 박의 심장은 박동을 멈췄다. 심근경색이라고 했다. 작업장 분위기가 썰렁해졌다. 들어올 때부터 병색이 완연했다고 누군가 수근거렸다. 화장실에서 볼일 보는 것도 시원찮더라는 말도 나돌았다. 회사에서는 박 씨가 들어온 지 며칠 안 되었지만 최대한 성의를 표했다고 발표했다. 그다음주에는 아무도 박 씨 얘기를 꺼내지 않았다.

눈치도 없지 싶어 무오는 이부의 얼굴을 쳐다봤다.

"세상에 그냥 재수가 없어서 갑자기 일어나는 일은 없다고. 다만 깨닫는 순간이 갑자기 오는 거야. 몸이 나가리 된 건 그전일 거고, 그걸 모르고 계속 레일 따라가다가 이 사달이 난 거 아니야."

이부는 고개를 오른쪽으로 기울인 채 두 눈을 크게 떴다. 그리고 한숨을 쉬며 다시 무오를 바라봤다.

"무오 너도 동의하지?"

이부는 무오에게 일자리를 소개시켜주겠다고 했다. 일자리가 하나 들어왔는데 두 사람이 한 조로 움직이는 거라 파트너가 필요하다고 했다. 파트너? 라고 되묻자 그러니까 자기가 일을 구해오고 무오가 움직이는 일이라고 했다.

"나보고 그쪽 밑으로 들어가라는 얘기네."

"밑으로 들어가긴 들어갈 데가 어딨어, 새끼야. 분업이라는 얘기를 쉽게 풀어서 하는 거지. 우리 같은 처지에 아래가 어딨고 위가 어딨냐. 다 거기서 거기, 도토리 키 재기지."

이부는 반찬을 휘적이다가 젓가락을 내려놓고 무오를 향해 얼굴을 가까이 들이밀었다. 자라목처럼 주욱 뻗어나온 이부의 얼굴이 부담스러워서 무오는 벽에 등을 붙였다.

"오늘 일 끝나고 형이 술 한잔 살게. 일단 얘기나 들어보고, 그때 결정해도 늦지 않으니까. 끝나고 보자고. 알았지?"

무오는 이부가 언제부터 자기에게 형이 되었나 싶어서 뜸을 들이다가 술 한잔 사겠다는 걸 야박하게 거절하는 것도 예의가 아닌 것 같아 고개를 끄덕였다.

그날은 상차작업에 배정되어 평소보다 더 허기가 졌다. 무오는 허리를 세우고 있는 것도 힘에 부쳐 자꾸 등에 손이 올라갔다. 이부가 그 모습을 힐끗거리더니 저녁은 회사 근처에서 해결하고, 고수부지로 가서 소주나 한잔하자고 했다. 둘은 고깃집에서 돼지고기 두 근을 먹으며 소주를 반 잔 하고 지하철을 탔다.

한강 고수부지에 도착할 때까지 이부는 별 얘기가 없었다. 할 말이 있다면서요, 라고 넌지시 묻자 이부는 그건 흘러가는 강물을 보면서 할 얘기라고 했다. 강물 보면서 하면 똑같은 얘기가 달라지냐고 했더니 이부는 그렇다고 했다. 그런 사소한 것들의 영향력을 무시할 수 없다고 말했다.

"이래 봬도 내가 보기보다 섬세한 놈이거든."

이부는 부끄러워하지도 않고 그렇게 말했다.

이부는 강가에 앉으며 주변을 두리번거렸다.

"날씨 더럽게 우중충하네, 이젠 습도가 높으면 몸이 안다니까."

이부가 씨익 웃었다. 무오는 고개를 숙이고 강을 내려다봤다. 늦은 시간이라 강물은 시꺼멨다. 그래도 출렁이는 물살의 결이 피부에 달라붙을 듯이 가깝게 느껴졌다.

"왼쪽으로 흐르냐, 오른쪽으로 흐르냐."

"안 보이는데요."

이부가 주위를 두리번거리더니 빈 우유갑을 주워와서 강물 아래로 떨어뜨렸다. 우유갑은 제자리에 있다가 조금씩 왼쪽으로 떠내려갔다.

"왼쪽이다."

이부가 두 팔을 벌렸다.

"이런 여유가 얼마만이냐."

이부가 무오의 얼굴을 바라보다 고개를 갸우뚱했다.

"근데 넌 왜 표정에 변화가 없냐?"

"전 이런 거 봐도 좋은 줄 몰라요."

"좋은 줄을 몰라? 강을 봐도? 그럼 너는 산을 좋아하냐? 세상에는 강을 좋아하는 사람이랑 산을 좋아하는 사람이 있다고 하는데, 그럼 너는 산을 좋아하는 쪽?"

"산을 봐도 좋은 줄 몰라요."

"뭐야. 그럼 뭐를 보면 좋은데?"

"전 좋은 거 없어요."

"아까 보니까 돼지고기는 잘만 처먹더만."

이부가 뭐 이런 놈이 다 있냐는 눈으로 뒤를 돌아봤다. 무오는 고개를 돌려 고수부지 쪽을 쳐다봤다.

연둣빛 잔디가 깔린 넓은 들판과 그 위에 돗자리를 깔고 둘러앉은 가족들. 남자와 여자 사이에 놓인 맥주캔, 작은 매점, 매점의 냉장고에 가득 들어 있는 음료수. 그런 것들이 무오의 눈에는 비현실적으로 보였다. 바람이 이마를 스치고 지나갔다. 어디선가 화약 터지는 냄새가 났다. 짙은 남색의 밤하늘 위에 달보다 큰 꽃 한 송이가 피었다가 순식간에 사라졌다.

"어려운 일은 전혀 아니다. 페이는 당연히 노진이랑 비교가 안 되고."

이부는 코를 벌름거리며 주위를 두리번거렸다.

"내가 봤을 때 노진 일을 이 년 버틴 놈이면 세상에 못할 일이란 없다."

무오가 심드렁한 반응을 보이자 이부는 자기가 소개할 이 일이라는 것이 시기를 타는데 지금이 들어오기 딱 좋은 타이밍이라고 말했다. 아무 때나 되는 게 아니라며 조금 거드름을 피우기까지 했다. 그럼에도 무오 입에서 대답이 나오지 않자 이부는 상체를 꼿꼿이 세우더니 헛기침을 했다. 그는 주머니를 뒤져서 영수증을 꺼냈다.

두 손을 모으고 정성을 들여 종이를 구겨서 둥그스름한 모양을 만들었다. 구긴 영수증을 오른손에 쥐고, 왼손으로는 엄지와 나머지 네 손가락을 떨어뜨렸다가 붙였다가 하며 개의 입 모양을 만들었다.

"떡이 들어올 때……"

이부는 구긴 종이를 개의 입 가까이로 가져갔다.

"입을 벌려야지."

개가 입을 벌렸다. 떡이 개의 입안으로 들어갔다. 엄지와 나머지 손가락이 맞물렸다. 이부가 대단한 일이라도 해낸 듯 소리 없이 씨익 웃었다.

이부는 종이를 바닥에 내려놓고 허공에 대고 개의 입을 벌렸다. 입을 오므렸다가 다시 벌렸다.

멍멍.

멍멍멍.

이부가 개 짖는 소리를 내고 우스워 죽겠다는 듯 배를 쥐고 낄낄대며 덧붙였다.

"안 들어올 땐 아무리 입을 벌려봤자 소용없다고."

무오는 이부와 좀 떨어져 앉았다. 이부는 무오의 옆에 더 달라붙었다. 이제 자기가 소개할 일에 대해 설명을 시작하겠다고 했다.

"인간이랑 동물의 차이가 뭐냐?"

"직립인가."

"직, 뭐?"

"직립. 서서 걸어다닌다고요. 인간은 두 발로 걷고 동물은 네 발로 기어다니잖아요."

"두 발?"

이부가 피식 웃었다.

"닭은 그럼 뭐냐?"

무오는 말이 막혔다.

"오리는?"

이부는 수준에 맞지 않는 상대와 이야기하는 것이 따분하다는 듯 담배를 꺼내더니 불을 붙이지는 않고 이 사이에 살짝 물었다.

"내가 봤을 때는 말이야."

무오는 내심 이부의 설명이 궁금했다. 인간과 동물이 뭐가 다른지는 생각해본 적이 없었다. 머리 검은 짐승을 집에 들이는 것이 아니다, 라고 말하는 어머니의 진지한 얼굴과 함께 불현듯 배신이라는 말이 떠올랐다.

"혹시 배신 아닙니까?"

"아!"

이부가 두 손바닥을 소리가 나도록 마주쳤다.

"짐승은 은혜를 알지만 인간은 배신을 한다?"

"네."

무오의 어깨에 힘이 들어갔다. 이부는 무오를 유심히 훑어봤다.

"뭐야. 이 새끼 조심해야 될 새끼 아냐?"

"제가 그렇다는 게 아니라…… 사람이 그렇다는 거죠."

이부는 엉덩이를 긁적였다.

"너 요새 드라마 보니?"

"아뇨. 집에 TV 없는데."

이부는 몸을 무오 쪽으로 더 가까이 붙이고 목소리를 낮추었다.

"잘 들어봐. 동물은 일어나지 않은 일에는 반응을 하지 않거든. 하지만 인간은 그렇지 않지."

무오가 이부를 봤다.

"일어나지도 않은 일 때문에 미쳐버릴 수 있는 게 인간이라고."

이부는 땅바닥에 타원을 그렸다.

"개다."

이번에는 그 옆에 동그라미를 그리고 사람 얼굴이라고 했다. 얼굴 아래쪽에 짧은 선을 하나 긋더니 막대기로 툭툭 두드렸다.

"이건 실이야."

이부는 개의 목에도 실을 둘렀다.

"동물한테는 말이다. 목에 실을 묶어놓는다고 해도 살이 쪄서 그 실이 살을 파고 들어가지 않는 한 아무 일도 일어나지 않는다. 하지만 인간은 다르지."

이부는 담배를 빼서 귀에 꽂았다.

"아마 그 실이 거슬릴 거야."

이부가 의미심장한 눈빛으로 무오를 쳐다봤다.

"그 얇은 실이 목을 조르고 있다고 느낄 거라고."

무오는 대답 없이 이부를 물끄러미 쳐다봤다. 이부가 도대체 왜 저러는지 알 수가 없었다.

"알아듣냐?"

"네."

"못 알아듣는 거 같은데."
"알아들어요."
"너도 고등학교를 졸업했으니까 효율성이라는 말을 들어봤을 거다, 그렇지?"
이부는 대단한 우주의 법칙이라도 발견한 것처럼 살짝 들떠 보였다.
"누군가 무슨 일을 할 때 말이야, 일부러 억지로 힘들게 하지는 않을 거야. 그러니까 만약에 네가 누군가의 목을 졸라야 한다면, 제일 무겁고 무딘 칼을 들고 땀 빼며 용을 쓰지는 않을 거라고. 그래서 난 세상에서 가장 가벼운 실로 그렇게 할 거야."
"실로 사람 목을 조르겠다는 겁니까?"
"말이 그렇다는 얘기야."
"근데 사람 목은 왜 조릅니까?"
"말이 그렇다는 얘기라고."
"근데요."
"좋아. 질문은 언제나 환영이다."
"내가 할 일이라는 게 뭔데요?"
"너는 점을 찍으면 된다."
"점을 찍어요?"
"도트가 어디에 있는지 점을 찍으면 돼."
"도트는 뭡니까?"

"도트는 계속 바뀔 거야. 내가 지정해주는 사람이 도트고 넌 도트가 어딨는지 그 위치를 찍어서 나한테 보내주면 돼."

이부는 본격적으로 설명을 시작했다. 이부의 말로는 무오가 도트를 따라다니며 점을 찍는 것은 도트의 목에 가느다란 실을 거는 것이고 그 나머지는 도트가 알아서 하게 될 거라고 했다. 이부가 목소리를 높일수록 무오는 심드렁해졌다. 잠시 대화가 끊겼다. 무오는 멀거니 강물을 바라보고 있었는데 마치 물결의 흐름에 빠져들고 있는 것처럼 보였다. 이부가 무오의 어깨를 툭 쳤다.

"야, 넌 버스 타면 어디 앉냐?"

"제일 뒷자리요."

"왜?"

"덜컹거리는 느낌이 좋아서."

"그런 이유로 뒷자리에 앉는 놈은 세상에 너밖에 없을 거다."

이부가 피식 웃었다.

"난 항상 운전기사 바로 뒤쪽에 앉아."

무오가 주머니를 뒤적여 스피아민트 껌을 꺼냈다. 종이 포장을 벗겨 입안에 넣고 하나를 이부에게 내밀었다. 이부가 고개를 저었다.

"요새도 그걸 파냐? 후라보노도 아니고 무슨 스피아민트야."

이부가 관심을 보이자 무오가 다시 껌을 내밀었다. 이부가 이번에는 껌을 받아 입에 넣고 우물거렸다. 둘은 나란히 앉아 한동안 멀거니 강물을 바라봤다.

문득 이부가 무오를 돌아봤다. 무오는 아직도 강물에서 눈을 떼지 못하고 있었다. 이부가 헛기침을 하더니 아까 그린 그림을 지우고 바닥에 커다란 원 하나를 다시 그렸다.

"잘 들어봐, 무오야. 인간을 간단하게 그냥 생명체라고 생각해보자. 사는 모양이 다양하고 복잡해 보여도 인간이란 언제나 자기가 살기 위한 쪽으로 움직이지. 내가 버스 타면 왜 기사 뒷자리에 앉느냐? 제일 안전한 자리가 운전기사 바로 뒷자리니까 그래."

이부는 주위를 둘러봤다. 대부분은 연인 사이로 보이는 남녀가 나란히 앉아 손을 잡고 있거나 한쪽이 다른 한쪽에게 기댄 채였다.

"서로 사랑하는 사이도 아닌 우리가, 왜, 지금 이렇게 같이 앉아 강물을 바라보고 있겠냐?"

무오도 주위를 둘러봤다. 서너 칸 아래쪽 계단에 앉은 남자 하나가 여자의 얼굴 위에 입술을 갖다댔다. 무오가 황당하다는 듯 이부의 얼굴을 바라봤다.

"어떻게든 한번 살아보겠다고 짱구를 굴려보는 거 아니겠냐? 죽지 않고 살아보겠다고 말이다. 물론 변수는 작용하겠지. 일시적으로는 이 생명체의 원리에 어긋나는 방향으로 움직일 수는 있어. 예를 들면 저기 저 남자를 보자. 지금 저 남자는 여자를 무릎 위에 앉히고 자기는 맨 바닥에 앉아 있어. 왜 저럴까? 대체 왜 엉덩이가 아프고 무거운 데도 참아야 하는 걸까? 마음에 드는 여자의 마음을 사기 위해서 잠깐 내 몸이 편안한 길과는 반대방향으로 움직여야 할 때도 있는 거야. 하지만 이건 장기적인 관점에서 봤을 때는 결국 생명체의 원리에서 크게 어긋나지 않거든."

이부가 주머니에서 은박종이를 꺼내 껌을 뱉었다.

"다 살겠다고 하는 짓이라는 거야."

이부가 잠깐 입을 다물었다.

"때로는 아주 단순하게 생각할 필요가 있어."

이부의 목소리가 차분해졌다. 거칠었던 호흡도 차차 가라앉았다.

"실을 걸겠다는 이유도 마찬가지야. 알아서 그만두라고. 죽이기 위해서가 아니라 살리려고 그러는 거지."

이부는 그렇게 말하곤 스스로에게 감동한 듯 콧물을 들이켜는 시늉을 했다.

"어떻게 보면 우리가 하는 일이란 건 누군가에게 당신의 목에 실이 걸려 있다는 걸 알게 해주는 거지. 목을 졸라오는 게 뻔히 보이는데 인간이라면 그 실을 벗겨내지 않겠어? 숨이 안 쉬어지는데, 내 목이 졸리는데, 어떤 바보가 그 짓을 계속 하겠어?”

무오가 이부를 흘겨봤다.

“일단 들어봐. 인간이란 자기가 하는 일의 결과가 자기한테 안 좋은 쪽으로 작용하면 하던 일을 그만두기 마련이라는 거야. 즉, 누군가 하고 있는 일을 그만두게 하려면 그 일의 결과가 안 좋으면 돼. 하면 할수록 괴롭고 고통스러운데 누가 그 일을 하겠어. 자기가 죽는다는 걸 알면 계속 못하지.”

이부가 고개를 설레설레 저었다.

“근데 박 씨는……”

이부가 입을 다물었다. 화가 난 것처럼 보이기도 했고 골똘히 생각에 잠겨 있는 것 같기도 했다.

한동안 말이 없던 이부가 자리에서 일어섰다.

“그게 우리가 할 일이다. 싸움을 포기하게 만드는 거.”

이부가 무오를 내려다봤다.

“굴복, 체념.”

이부가 중얼거렸다.

“굴복, 체념.”

무오가 따라 중얼거렸다. 이부가 혀에 침을 발랐다.

“일상으로의 복귀. 그리하여 모두의 안전. 제 분수를 아는 사회. 묵묵하고 성실하게 자신의 자리를 지킬 것.”

이부가 주먹을 쥐었다. 이부의 얼굴이 지구를 지킨 용사마냥

환해졌다.

"요점을 말하자면 네가 할 일이라는 건 결국 싸움의 조속한 해결을 위한 도우미 역할인 셈이야."

무오는 대답을 하지 않고 강물만 멍하니 바라봤다.

"정리할게. 아까 말했듯이 도트들이 죽기를 바라는 건 아니야. 죽으면 오히려 우리가 골치 아파지는 거고. 내가 계속 이렇게 살아야 하나, 더 이상은 못 해먹겠다. 거기까지 가는 거야. 이러다 정말 죽겠다. 우리가 레일 위에서 그러는 것처럼."

이부는 그 대목에서 잠깐 생각에 잠겼다.

"싸움을 그만두겠다고 할 때까지만 하는 거야."

이부가 입술을 깨물었다.

"알아듣냐?"

무오는 노진에 있을 때는 별생각이 없이 어떻게 하면 작업장을 떠나 담배 한 대를 더 피울 수 있는지만 궁리하던 이부가, 어찌 이런 말이 되는지 안 되는지 모를 장광설을 늘어놓고 있는 상황이 어리둥절하기만 했다.

"너 또 배고프구나?"

이부는 지갑을 열어 만원짜리를 꺼냈다. 무오한테 돈을 건네려다가 힐끗 눈치를 보더니 바지 뒷주머니에 재빨리 넣었다.

"그래. 네가 아직은 들어온 게 아니지."

이부는 매점에 가서 콜라랑 훈제오징어를 사왔다. 무오는 이부가 내미는 콜라캔을 받아들고 오징어는 고개를 저었다. 캔을 계단에 내려놓고 무오는 강을 바라봤다. 이부도 오징어를 질겅거리면서 흘러가는 강물을 봤다. 물은 탁했고 시간이 지날수록 출렁거리는 속도가 빨라지고 물살도 거세어졌다. 어느 순간 자기도 모르게 그 물속으로 빠져들 것 같아서 무오는 뒤로 한 걸음 물러났다.

"중요한 건 리듬을 잃지 않는 거야."

이부는 풀밭에서 작은 돌을 골라내 강물 위로 던졌다.

"근데 가끔 보면 반대로 움직이는 놈들이 꼭 있더라고. 내 눈엔 죽으러 가는 게 훤히 보이는데. 걔네들은 대체 뭐지?"

이부는 한동안 말이 없었다.

"그냥 죽고 싶은 건가."

"설마요. 세상에 그냥 죽고 싶은 사람이 어딨어."

무오의 대답에 이부는 기묘한 미소를 지었다. 하도 변동이 심해서 기분을 짐작할 수가 없었다. 무오를 주시하는가 하면 먼 데를 바라보며 동공에 초점이 흐려지기도 했다. 생기가 넘쳤다가도 또 금세 한없이 무력해 보였다. 떠들 땐 흥분하는 것 같았고 얘기가 끝나면 어깨가 축 처졌다. 자기 말에 도취되어 무오의 반응은 살피지도 않는 것 같았다.

"내 생각은 이래. 누군가 나를 쫓는다는 느낌을 받게 하는 가장 좋은 방법이 뭐냐. 진짜 누군가 나를 쫓아오는 거지. 또 누군가 집에 들어왔던 것 같은 기분을 느끼게 하는 가장 좋은 방법은 뭘까? 그래. 너 이제 보니까 제법 똑똑한 데가 있구나. 당연하게도 누가 진짜 집에 들어가는 거라고. 누군가 나를 보고 있다는 기분을 느끼게 하려면 누군가 나를 보면 돼. 내 말인즉슨, 그게 니가 할 일이라는 거야. 소외감을 느끼게 하려면 어떻게 할래? 주위 사람들을 차단하면 그만이야. 간단하잖아. 아주 간단해. 와아, 이거 너무 간단해서 문제다. 세상에 이렇게 단순하고 이렇게 명확하고 이렇게 딱 떨어질 수가 없는 거야. 실제로 아무 일도 저지르지 않고 총도 칼도 없이 서서히 무너뜨리는 거지. 그냥 따라다니는 것만으로. 어때? 그럴싸하냐?"

"제가 하는 일은, 그러니까 따라다니는 게 답니까?"

"그렇다니깐. 일단 시작은 그렇지."

"근데 점은 왜 찍습니까?"

"야, 너 그 질문 좋다."

"네?"

"좋은 질문이라고."

이부는 무오를 사랑스럽다는 눈빛으로 쳐다봤다.

"거기가 바로 내 섬세함이 드러나는 대목이거든."

무오가 귀를 긁적였다.

"점을 찍는 건 너를 위해서야."

"저를 위해서요?"

"그래 너를 위해서. 뭐 거기까지 설명하고 싶진 않다. 너한테도 기회를 주고 싶으니까. 인생이 뭔지, 이 세상이 어떤 곳인지, 어떻게 해서 살아남을 수 있는 건지. 너도 머리를 갖고 있는 이상 생각을 해봐야 하지 않겠냐. 그러니까 이건 숙제다. 네가 왜 점을 찍어야 하는지 알게 되면 너 아마 나한테 이렇게 뻔대지 못할걸."

이부가 옆구리를 문질렀다.

"근데 왜 그런 짓을 한다는 겁니까?"

"지금까지 설명한 게 그건데. 못 알아들었냐?"

이부가 주위를 두리번거리더니 매점 앞에 세워놓은 커다란 바람개비에서 시선을 멈췄다. 이부는 엄지와 중지를 맞부딪쳐 딱, 소리를 냈다.

"그럼 이렇게 생각해보자."

무오가 고개를 들었다.

"재밌을 거 같지 않냐?"

무오는 답이 없다. 이부가 인상을 찌푸렸다.

"인마, 내가 재밌을 것 같지 않냐고 물었잖아."

"아뇨. 전 그게 왜 재밌는지 모르겠는데요."

이부는 허허 웃었다.

"이거 아주 재밌는 녀석이네."

이부는 자꾸 재밌다는 말을 쓰고 있었지만 무오는 이부가 재

있다는 말이 진짜 재미를 말하는 건지 아니면 자기가 모르는 다른 뜻이 있는 건지 알 수 없었다.

"그럼 다시 생각해보자. 음, 심판이라고 하면 어때?"

"심판이요?"

"뭣도 모르고 까부는 새끼들한테 세상이 어떤 곳인지 알려주는 거라고."

"그게 어째서 심판이 됩니까?"

이부는 또 웃었다.

"아, 이 새끼 알면 알수록 진짜 재밌는 새끼네."

이부는 혀로 잇몸을 핥고 나서 침을 삼켰다. 그리고 강 건너편 먼 데를 바라보며 씨익 웃었다.

"너 정말 이유가 필요하냐? 응? 진짜 그래?"

무오는 대답하지 않았다.

"언젠간 내 말을 알아듣는 날이 올 거야. 오겠지. 아, 형님이 그때 그런 말을 했었지, 하는 날이 반드시 올 거라고."

이부가 무오의 어깨를 툭툭 쳤다. 무오는 어깨를 뒤로 뺐다. 이부가 둑을 따라 걷기 시작했다. 무오가 그 뒤를 따라갔다.

"할래, 안 할래?"

이부가 뒷짐을 지더니 멈춰 섰다. 무오가 이부를 앞지르며 대답했다.

"돈 줍니까?"

이부가 무오를 봤다.

“돈 많이 줍니까?”

“짜샤, 일을 시켰는데 그럼 당연히 돈을 주지. 안 주면 내가 날도둑놈이게.”

“그럼 할래요.”

3
진짜 공장의 주인은

누군가 뒷덜미를 잡아챌 것 같았다. 이놈은 모리의 노동자가 아니라고, 여길 와서 보라고 아무래도 짭새가 끼어든 것 같다고, 네가 누구인데 이곳에 있느냐고 따지며 당장이라도 자리에서 끌어낼 것 같았다.

무오는 계단참에 누군가 흘리고 간 은박 돗자리 조각을 하나 주워들고 시위대 한구석에 자리를 잡은 참이었다. 이부가 구해준 노동조합의 점퍼를 입고 있었지만 마음은 내내 불안하기만 했다. 곤색 점퍼는 오른쪽 가슴팍에 노란 자수 실로 '모리 노동조합'이라고 새겨놓은 모직물이었는데 치수가 맞지 않아서 안에 스웨터를 두 벌이나 껴입어야 했다. 무오는 어떻게든 얼굴을 조금이라도 가려보겠다는 생각으로 모자캡을 아래쪽으로 잡아당겼다.

가뜩이나 신경을 곤두세우고 있는데 옆자리에 앉은 시위대원이 자꾸 말을 걸었다. 톡 쏘는 듯한 말투와 좀처럼 표정의 변화가 없는 얼굴이 독특한 남자였다. 키는 백육십 센티미터가 조금 넘을 듯한 단신에 어깨가 좁고 깡말랐다. 왼쪽 볼에 넓적하고 흐릿한 갈색 반점이 생계란이 퍼지듯 둥그렇게 자리잡고 있었다. 머리카락의 끝부분은 초록색으로 물들였는데 그게 일부러 끝부분만 염색을 한 건지 아니면 머리카락이 자라 끄트머리에만 염색이 남아 있는 건지는 알 수 없었다. 다른 시위 참가자들보다는 확실히 나이가 어려 보였다. 역광장을 메운 해고 노동자들의 대부분은 사십대였다. 간간이 삼십대 중후반이 끼어 있었다. 잘 봐줘야 이십대 초반쯤으로 보이는 그는 낯가림도 없는지 자리에 앉자마자 날씨 한번 더럽게 춥다고, 나라도 거들떠보지 않는 해고자 싸움은 하늘도 안 도와주는 모양이라고 볼멘소리를 지껄이기 시작했다. 얼굴을 마주 보기도 전에 스스럼없이 반말을 썼고 말을 꺼내기 전에는 어깨를 툭툭 부딪치며 마치 십년지기 친구라도 되는 양 굴었다. 게다가 노조 점퍼 대신에 형광 연두색 파카를 입고 있었다. 몸 쓰는 일을 하는 사람처럼 보이지도 않았다. 뒤늦게 나타나 카메라까지 들고 설치는 데도 아무도 그를 이상하게 여기지 않았다.

김밥이 든 스티로폼 상자를 옮기던 덩치 좋은 조합원이 멈춰 서서 반점 너, 이번 기사 괜찮더라. 이제 글빨에 물이 완전히 올랐던데, 선수가 다 되었네, 라며 웃는 걸 보고서야 무오는 그가 해고 노동자가 아니라 기사를 쓰고 사진을 찍는 취재원이라는 것을 알았다.

정말이지 쉬지 않고 떠들어댔다. 목소리는 작았는데 연신 고개를 이리저리 움직이며 끊임없이 입을 놀렸다. 짜깁기한 판자를 이어 붙여 무대를 설치할 때는 걸개그림이 잘 나왔다는 둥 피시천이 비뚤게 걸렸다는 둥 팔짱을 끼고 평가하더니, 사회자가 무대에 올라 마이크를 잡자 진행이 식상하다고 툴툴댔다. 심지어는 역광장 시계탑 위에 새들이 앉아 있는 모양새를 가지고도 트집을 잡았다. 자기 생각만 말하고 끝내면 그만인데 말끝마다 꼭 그치, 어때, 라거나 그렇지 않아, 라고 덧붙여 무오의 동의를 구했다. 낯선 환경에 던져져 상황판단을 내리기가 쉽지 않은 무오의 입장에서는 그저 고개를 끄덕이는 수밖에 없었다. 어쩌다 무오가 한마디를 하면 고개를 뒤로 젖히고 케헤헤, 하는 기묘한 소리를 내며 오래 웃었는데 그 모양새가 어딘지 어색했다. 무오는 자기가 한 말이 왜 우스운지 몰랐고, 그가 그런 요상한 웃음소리를 낼 때마다 근처에 있는 시위대의 시선을 받게 되는 것이 여간 부담스러운 게 아니었다. 웃음을 유발하지 않을 만큼 적절한 대꾸를 했으면 좋겠는데 아는 게 없어서 답답했다. 여차하면 자리를 옮겨 앉아야겠다고 생각하는 중이었다.

문제는 앰프에서 음악이 울려퍼지기 시작했을 때 발생했다. 모두들 한목소리로 목청을 높이는데 무오만 가사를 몰랐던 것이다. 연설은 경청하면 그만이고 구호는 불러주는 대로 따라할 수 있었지만 노래는 어쩔 도리가 없었다.

소리를 내는 시늉을 하며 입을 벙긋거리면서 세차게 팔을 움직여 허공을 향해 뻗었다. 영하의 날씨인 데도 등에 땀이 맺힐 지경이었다. 노래가 끝나기만을 기다렸는데 마지막 소절이 끝나고 2절이 이어지자 꽉 쥔 주먹에 힘이 풀리며 팔이 뚝 떨어졌다.

무오는 주머니에 접어넣었던 전단지를 꺼내 얼굴 가까이로 끌어당겼다. 누런 갱지의 맨 윗줄에는 고딕체의 헤드라인이 번져 있었다. '△△ 회계법인은 어떻게 회사를 부실기업으로 둔갑시켰나.' 헤드라인의 바로 아래쪽에는 〈1992~2009 (주)모리순 손실액 대조표〉라는 이름을 단 막대 그래프가 그려져 있었다. 1992년부터 꾸준히 상승곡선을 그리던 그래프가 2008년에 갑자기 열 배가 넘게 뛰어올라 있었다. 수학이라면 질색을 하는 무오였지만 무언가 잘못되었다는 것을 알 수 있었다. 하지만 기사에 집중할 수 있는 상황이 아니었다. 내용을 열심히 읽는 척 고개를 숙이고 있는 데만 온 신경을 집중해도 기운이 부족할 지경이었다.

옆에서 목청껏 노래를 부르던 반점이 치켜든 팔을 내리더니 고개를 돌렸다. 반점은 한동안 가만히 무오를 흘겨봤다.

무오는 고개를 들어야 할지 아니면 잽싸게 뛰어나가야 할지 잠시 고민하다가 점퍼 주머니를 뒤적이며 무언가 찾는 시늉을 했다. 점퍼 안에는 광장에 도착하자마자 역사 편의점에서 산 베지밀이 들어 있었다. 달콤한 맛 베지밀 B. 딱 하나 남은 걸 용케 구입했는데, 식기 전에 뚜껑을 따야 한다고 생각하면서도 적당한 순간을 찾지 못해 주머니 속에서 미지근하게 식어버리고 말았다.

반점은 여전히 무오를 빤히 쳐다보고 있었다. 표정을 살피지 못해서 그 의도를 짐작할 수가 없는 상황이었다. 무오는 미간을 찌푸리고 입술을 살짝 내밀었다. 그리고 점퍼 주머니와 바지 주머니에 번갈아가며 손을 집어넣어 뒤적거렸다.

바지 주머니에 들어 있는 묵직한 볼트 더미를 만지작거리고 있는데 반점이 먼저 말을 꺼냈다.

"담배 찾아?"

반점이 무오를 보고 씨익 웃었다. 무오는 주머니를 뒤적이던 손짓을 멈추었다. 반점이 자기를 보고 웃는 이유는 몰랐지만 적어도 자신을 의심했기 때문은 아니라는 것만은 확실했다. 무오는 볼트를 만지작거리던 손을 꺼냈다.

"디쁠 괜찮아?"

무오가 얼떨결에 고개를 끄덕였다. 디쁠이 뭔지도 몰랐다.

무오는 피울 줄도 모르는 담배를 일단 받아들었다. 반점은 라이터까지 꺼내 친절하게 불을 붙여주고는 무오의 어깨를 다시 툭 쳤다.

"가까이 보니까 훨씬 어려 보이는데."

내내 마음에 걸렸던 부분을 지적받자 자신감이 떨어졌다. 무오는 다리를 떨면서 태연해 보이려고 애썼다.

"다들 그렇게 보더라. 실제 나이는 적지 않아."

"일한 지는 얼마나 됐어?"

무오는 집게 손가락을 세웠다. 아는 사람이 없는 게 마음에 걸렸다. 최대한 단기간 일했다고 하는 것이 유리할 것 같았다. 무오가 내민 집게 손가락을 본 반점의 눈빛이 순간 흐릿해졌다. 반점이 제 집게 손가락을 세우더니 다시 무오를 쳐다봤다. 정말 맞느냐는 뜻 같았다. 무오는 뭔가 잘못되었다는 것을 눈치챘지만 이제 와서 번복을 한다는 게 더 이상한 것 같아 천천히 고개를 끄덕였다. 반점도 무오를 따라 천천히 고개를 끄덕였다.

"금아기획 소속인가?"

금아기획이라는 이름은 처음 들어보았지만, 다른 대답이 떠오르지 않았기 때문에 고개를 끄덕였다. 가슴이 뛰기 시작했다. 그래도 겨우 타이밍을 맞춰 대답을 할 수 있었다.

"응, 맞아. 금아에 있었어."

"그런 것 같더라. 마음 고생이 많았겠네. 그래도 너무 나쁘게 생각하진 마. 다들 자기 걸 다 걸고 싸우니까 숫자 하나에도 민감한 거지. 다른 뜻은 없을 거야."

무슨 얘기를 하는지 알아들을 수 없었다. 무오는 대답을 하는 대신 필터를 향해 점점 더 짧아지고 있는 담배를 빨았다. 머리가 핑 돌았다. 담배를 쥔 손이 떨렸다. 무오는 뒷짐을 쥐는 척 오른손을 등 뒤로 돌렸다.

잠자코 있으니 반점이 알아서 떠들었다. 무오는 반점의 얘기를 들으면서 금아기획이라는 게 주식회사 무오의 하청기업이라는 걸 짐작할 수 있었고 방금 전에 자기가 대답한 내용이 현명한 선택이었다는 생각이 들어 마음이 놓였다.

"그저께 직원 싹 다 새로 뽑았다는 얘긴 들었지?"

반점이 담배를 바닥에 던졌다. 운동화로 꽁초를 밟으며 투덜거리기 시작했다.

"그게 뭐하는 짓이래? 멀쩡한 직원 다 잘라놓고 새로 사람을 뽑는 게. 노조 가입 안 한다는 조건 달고 어용노조 만들어서 죄다 거기 가입시켰다더라."

사람을 해고해서 이 난리를 겪고 새 직원을 뽑았다는 게 어떤 상황인지 이해하기 어려웠다. 어용노조가 뭔지도 몰랐다. 무오는 섣불리 대답하는 것보다는 애매한 표정을 짓는 쪽을 택했다. 이야기를 꺼내고 싶지도 않다는 듯 입을 꾹 다물고 시선을 슬쩍 내리깔았다. 고개를 살짝 흔들어보기도 했다. 담배 맛이 고약해서 절로 인상이 찡그려졌다. 반점이 무오를 쳐다보더니 다시 어깨를 쳤다. 무오는 반점이 제발 그러지 말아줬으면 하고 바랐지만 그런 말을 꺼내지는 않았다. 되도록 눈에 띄는 일은 삼가고 거슬리는 행동은 하지 않는 게 좋았다.

담배를 다 피우고 나자 열기가 더 달아올라 있었다. 진행자가 어젯밤에 있었던 협상결과에 대해서 설명하자, 각자의 자리에서 웅성거리는 소리와 마이크에서 흘러나오는 소리가 뒤섞여 귀를 쟁쟁 울릴 지경이었다. 설명을 마친 진행자가 주먹을 들어올렸다.

"손배 소송 철회하고 성실하게 교섭에 응하라."

"손배 소송 철회하고 성실하게 교섭에 응하라."

진행자가 목소리를 높이자 시위대도 따라 외쳤다. 무오도 주먹을 쥐고 오른팔을 힘차게 흔들었다. 허공을 향해 팔을 내뻗으며 구호를 외치고 목청을 드높였다. 가만히 있는 것보다는 이편이 훨씬 나았다. 시위대가 팔을 치켜들 때 무오도 같이 치켜들고 그들이 외치는 구호를 함께 외치는 동안만은 그들과 하나인 듯 마음이 편안했다.

주먹 쥔 손을 더 높이 들고 목소리를 높일수록 불안감이 사그러들었다. 진행자가 외치는 구호를 따라하고 뒤에 '정리해고 철폐투쟁'이라는 말을 이어 붙이는 형식이 반복되고 있다는 것을 알게 되자 움츠러들었던 어깨가 펴졌다. '정리해고 철폐투쟁'이라는 말이 어느새 입에 붙어 척척 튀어나와주는 것이 고맙기만 했다.

각진 얼굴에 턱수염을 기른 남자가 뒤쪽을 향해 걸으며 각 열의 맨 앞에 있는 이들에게 노래가 끝나면 바로 대열을 이동하게 될 테니 슬슬 준비를 시작하자고 했다. 그는 곧장 앞으로 걸어가지 않고 잠시 무오 옆에 멈춰 섰는데, 무오는 괜히 당황해서 반점을 향해 고개를 돌리고는 대열 이동이래, 이라고 속삭였다. 반점이 고개를 끄덕였다.

턱수염은 그래도 의심을 풀지 않고 무오를 향해 한 걸음 다가섰다.

"못 보던 얼굴인데."

반점이 나섰다.

"여긴 금아 쪽이야. 시위 결합한 지 얼마 안 되었잖아. 괜히 다시 분란 만들지 말고 좋게 좋게, 응?"

반점의 설명에 턱수염이 군말 없이 가던 길을 갔다. 무오는 순간 방금 전까지 자기를 짜증나게 했던 반점의 모든 행동에 대해, 귀찮게 자꾸 말을 걸고 친한 척 어깨를 부딪치고, 오지랖 넓게 끼어들어 억지로 담배까지 피우게 했던 그 모든 일들에 대해 감사함을 느꼈다.

좋은 아이디어가 떠올랐다. 반점과 같은 일행으로 보여서 나

뿐 게 없었다. 반점의 눈만 속이면 다른 이들의 시선은 전혀 걱정할 필요가 없었던 것이다. 싫은 내색을 하지 않은 건 잘한 짓이었다. 되도록 친해두는 게 좋겠다고 생각했다.

다시 되돌아온 턱수염이 잠시 망설이더니 무오가 끼어 있는 열과 그 다음 열을 가리켰다. 무오는 긴장이 되었지만 느긋하게 발을 벌리고 반점의 옆으로 조금 붙어 섰다.

"여기서부터 여기까지는 앞으로 이동해서 무대 옮기고 그 뒷줄은 앰프랑 기기들 부탁합니다."

대열이 움직이기 시작했다. 반점과 무오는 앰프와 기기 담당이었다. 무오는 기기를 옮기려고 이동하는 무리를 따라나서는 척하다가 반점에게 화장실이 급하다고 둘러대고 슬쩍 빠져나왔다. 시위대는 곧장 도로로 나설 모양이었기 때문에 잠시 대열에서 빠져 있다가 거리로 나갈 때 도트의 뒤쪽으로 따라붙어야 했다.

지난달에 이부는 답답한 목티는 그만 벗어버리고 따뜻한 캐시미어 스웨터나 하나 사입으라며 통장에 십만원을 더 넣어줬다. 고맙다고 하기가 무섭게 이부는 무오에게 할 일이 있다고 말했다. 별건 아니라며 이부는 윙크를 했다. 도트의 뒤를 쫓다가 방송이 나오면 하늘에 별을 던지면 된다고 했다. 뭘 던져요? 별. 반짝반짝 별 말이야. 이부가 내민 지퍼백에 담긴 건 쇠로 된 볼트 나사였다.

이부의 지시를 수행하기 위해서는 반점을 따돌려야 했고 임기응변으로 화장실을 떠올렸지만 긴장한 나머지 화장실이 급한 것도 사실이었다. 역사 건물 화장실을 향해 발걸음을 재촉했다. 사람이 워낙 많아 걷는 속도가 더뎠다. 이렇게 많은 사람들이 한데 모여 있는 광경을 처음 보았다.

무오는 북적이는 인파 사이로 난 좁은 통로를 거슬러 걸으며 괜히 코끝이 시큰했다. 노진에서는 이렇게 다들 한꺼번에 모일 일이란 게 없었다. 작업을 할 때도 밥을 먹을 때도 세 번에 타임을 나누어야 했다. 일을 할 땐 이 인 일 조였지만 그것도 사실 혼자 하는 일이나 다름없었다. 가끔 안 보이는 이가 있으면 몸이 아프거나 다른 길을 찾았다고 여기고 넘어갔다. 어차피 일당을 받는 일이고 오래 남아 있는 것이 좋은 일만은 아니어서, 어디 좋은 데 일을 구했나보다 생각하는 것이 마음도 편했다. 연락처를 모르는 동료도 많았다. 서로 얘기를 나눌 수 있는 건 고작 작업장 뒤쪽 지붕 아래서 담배를 피울 때 뿐이었는데, 처음에는 투덜거리다가 시간이 지나면 그런 얘기조차 하지 않았다. 대부분 뒤에서만 불만을 터트릴 뿐 정작 앞에서는 목소리를 내지 못했고, 오래 일한 이들에게는 체념의 정서가 뿌리 박혀 뒤에서 투덜대는 것조차 입만 아프다고 여겼다. 그 일조차 언제 그만두게 될지 몰라 전전긍긍이었다.

박이 죽었을 때도 마찬가지였다. 박이 작업 중 스트레스로 돌연사했다는 것을 모르는 이는 없었다. 하지만 정말 그렇다고 생각하면 결국 자기도 어느 날 그렇게 허무하게 쓰러져 병원에도 가보지 못한 채 죽을 수 있다는 걸 인정하는 꼴이었다. 차라리 박이 원래 아팠다고 생각하는 편이 나았다. 어차피 이 일을 그만둘 것이 아니라면 굳이 그 사실을 상기할 필요가 없었다.

박의 죽음을 통해서 무오가 배운 것은 인간은 필요하지 않은 일은 하지 않는다는 것이었다. 사실이나 진실 같은 건 하나도 중요하지 않았다. 반대로 무언가가 필요하다면 없는 일도 충분히 만들어낼 수 있다. 건강했던 박은 갑자기 입사 때부터 체력이 안 좋았던 것으로 합의되었다. 박을 데려온 황도, 늘 같이 퇴근해서 술잔을 나누었던 최도 이의를 제기하지 않았다. 딴지를 거는 사람은 없었다. 미련하다는 얘기를 들을 정도로 누구보다 성실하게 작업했던 박이 애초부터 작업을 따라가지 못했던 고문관으로 뒤바뀌는 것은 시간문제였다. 인터넷신문 기사에는 박이 일한 지 일주일밖에 되지 않았던 것으로 보도되었다. 그의 죽음이 회사 탓은 아니라는 뜻이었다.

변기에 오줌을 갈기고 돌아섰을 때 세면대 아래 떨어진 붉은 천이 무오의 눈길을 끌었다. 누군가 손을 씻다가 흘리고는 그걸 모르고 그냥 간 모양이었다. 무오는 허리를 굽히고 손을 뻗어 천을 집어들었다.

천은 붉은색으로 끝부분에 주먹을 쥔 손이 그려져 있었고 가운데에는 하얀 글씨로 구호가 써 있었다. 해고는 살인이다. 무오는 그 문장을 소리내어 따라 읽었다. 꽉 쥔 주먹을 하늘을 향해 추어올리며 입을 모아 우렁차게 시위가를 부르던 이들처럼 어깨에 힘이 들어갔다. 무오는 끈을 들어 이마에 대고 뒤통수 부근에 매듭을 지어 흘러내리지 않도록 고정시켰다. 그리고 고개를 들었다. 세면대 앞에 붙어 있는 사각형의 거울에 자신의 모습을 오랫동안 비쳐 보던 무오가 흡족한 미소를 지었다. 거울에 비친 모습이 영락없이 모리의 노동자처럼 보였다.

무오는 이마에 붉은 끈을 매단 채 선두대열을 향해 걸었다. 도트가 오늘 가두행진에서 대열을 이끌기로 되어 있었다. 무오는 광장의 인파들을 헤치며 전송기를 꺼냈다.

휴대폰을 개조해서 만든 이 기기는 무오와 이부, 둘만이 서로 송수신되었다. 이부는 무오에게 사진 파일과 지시내용이 담긴 간단한 메시지를, 무오는 이부에게 위성사진 위에 도트의 위치를 표시해 전송하는 단순한 장치였다.

저장된 사진을 불러오자 정면을 응시하고 있는 증명사진이 화면을 가득 채웠다.

붉은빛이 도는 길쭉한 얼굴이 경직된 미소를 짓고 있었다. 안경테의 디자인으로 보아 적어도 십 년은 더 전에 찍은 사진이었다. 푸른빛이 도는 와이셔츠가 어딘가 어색해 보였다. 사진을 찍기 위해 자른 것으로 보이는 단정한 머리카락은 왁스인지

무스인지를 발라 세웠는데 앞머리를 둥글게 말아올리는 것이 그때의 유행인가보았다. 쌍꺼풀이 없는 눈에 코끝이 날렵했고 남자치고는 가는 입술을 야무지게 다물고 있었다.

이부의 말로는 이자가 제일 큰 문제라고 했다. 이름은 이자희, 공장에 입사한 건 사 년 전이다. 그 전 직장에서도 용접 일을 했는데 전기기기 내부의 부속품을 만드는 일이라고 했다. 그 회사에서도 근태가 불량하고 요구하는 것만 많아서 사장과 불찰이 있었다. 거의 쫓겨나듯 공장을 관두고 모리에 들어왔는데, 그렇다고 모리에서 잘 적응한 것도 아니다. 매사에 불만이 많고 역시 성실하지 못했다. 대부분의 사원들이 십 년 이상 일했는 데도 회사 사정을 감안해 순순히 퇴직을 희망했는데 고작 사 년을 일해놓고는 공장주인처럼 굴고 있다. 불만세력들을 모아 소송을 걸고 사무실까지 내면서 싸움을 길게 끈 건 이자의 소행 탓이 크다고 했다. 시위관련법 위반으로 육 개월을 감옥에서 지내고 오천만원의 손해배상을 요구받았다. 돈은 갚을 생각조차 하지 않는다. 감옥에서 나온 뒤에도 가정을 돌보지 않고 여전히 거리로 나도는 것이 이상하지 않느냐고 했다. 아직 초등학교에도 안 들어간 딸이 둘이나 있는데 밖에서 한뎃잠을 자며 새 직장을 구할 생각은 하지 않는 게, 무오 너 생각에는 제정신이겠느냐고 물었다.

앰프를 실은 트럭 위에 확성기를 든 도트가 올라타 있었다.

무오는 그가 도트라는 사실을 곧바로 알아챌 수 있었다. 머리카락은 길고 피부는 거무스름해지고 사진 속의 매끈한 인상과는 달리 턱수염이 나 있었지만 정확히 사진 속의 얼굴이었다. 얼굴형과 이목구비는 변한 데가 없었다.

사진 속의 남자가 좀 더 어렸고 얼굴에 살이 더 붙어 있었다는 것 말고도 더 근본적인 변화가 있는 듯 보였는데, 그건 그가 사진 속의 인물과 같은 얼굴을 한 다른 영혼처럼 보인다는 점이었다. 사진 속의 인물이 단정하고 성실한 인상을 주었다면, 거리의 싸움에 뛰어든 그는 마치 지옥을 구경하고 난 사람처럼 보였다. 부끄러움을 타는 듯 눈꼬리 부근에 감돌던 미소가 사라진 대신 눈빛이 또렷하고 강렬해졌고, 명랑함을 거둔 표정에는 포화지점을 넘어섰는 데도 휘발하지 않는 울분이 깃들어 있었다. 그게 뭐든 순순히 넘기지 않겠다는 의지가 느껴졌다. 감옥에서 지난주에 나온 사람치고는 강건했다.

"제가 철장 신세를 지고 나온 사이에 공장이 또다시 새주인에게 넘어갔습니다."

도트가 침통한 목소리로 입을 열었다.

"새로운 사장 역시 공장이야 어떻게 되든 상관없다는 상황입니다. 공장에서 일하는 사람이야 어떻게 되든 아무 관심이 없습니다. 인도(印度)의 기업이 원하는 것은 오로지 헐값에 공장을 사들여 기술을 빼돌린 뒤에 되파는 것뿐입니다. 공장의 발

전에는 아무 관심이 없는 이들이 공장을 사고파는 과정에서 죄 없는 노동자들만 속수무책으로 거리로 나앉고 있습니다."

나지막하게 시작된 도트의 발언이 점차 격해졌다. 목에 핏대가 섰다. 도트의 목소리가 바람을 타고 광장으로 흩어질 때마다 무오의 심장이 뜨겁게 박동했다. 친구들이 다른 여자들에게 마음을 줄 때, 반한다는 말을 쓸 때, 그 기분이 어쩌면 이런 기분일지도 모른다. 무오는 어떤 다른 존재를 보고 이토록 기분이 들뜨고 흥분되는 경험을 한 일이 없었다. 무오는 고개를 빼고 도트의 얼굴을 바라보며 한마디 한마디를 놓치지 않으려고 애썼다.

상황은 이랬다. 오 년 전부터 계속해서 사장이 바뀌고 있었다. 공장을 인수한 외국계 기업이 공장을 사들인 이유는 순전히 기술을 빼가기 위해서였다. 기술을 빼돌린 후 목적을 달성한 그들은 본토로 돌아가기 위해 다시 공장을 팔아야 했다. 하지만 철수하기 위한 명분이 필요했다. 회계법인과 짜고 고의로 부도를 냈다. 장부의 숫자 몇 개를 고쳐쓰는 것만으로 몇 년간 우수기업이었던 회사가 한순간 부실기업으로 둔갑했다. 공장은 법정관리에 들어갔고 구조조정을 거친 뒤 다시 인도의 기업으로 넘어갔다.

공장이 네 번째 사장을 맞이하는 과정에서 노동자들의 절반가량이 해고되었다. 공장에 다니던 노동자들은 회사 측의 회유로 희망퇴직서를 쓰고 식당을 차리거나, 실직자가 되거나, 또다른 공장을 찾아 다른 도시로 떠나야 했다.

남은 이들은 회사에 소송할 준비를 했다. 공장의 재정악화는 거짓이니 일방적인 해고통보는 부당하며 남아 있는 자들이 힘을 합치기만 한다면 다시 일터로 돌아갈 수 있다고 믿었다. 그들의 눈에 상황은 명백해 보였고 진실만 밝혀진다면 다시 공장으로 돌아갈 수 있다고 믿었다. 그래야 한다고, 그것이 맞다고 생각했다.

그것이 그들이 거리로 나온 이유였다.

무오의 눈에는 도트가 멋있어 보였다. 자기가 처한 상황에 대해서 설명하고 앞으로 나아갈 방향을 스스로 제시할 수 있다는 것은 무오에게 꽤나 놀라운 것이었다. 무오는 회사가 어떤 식으로 돌아가고 있는지 제일 잘 알고 현명한 지시를 내릴 수 있는 위치에 있는 사람은 당연히 사장이라고 생각해왔다. 무오는 수백 개의 레일 중 겨우 하나를 책임지고 있을 뿐이고 회사가 어떻게 돌아가는지에 대해서는 아는 게 없었다. 실은 별 관심도 없었다. 출근할 때면 배정받는 구역과 점심메뉴 정도를 궁금해했을 뿐이다. 이왕이면 힘이 많이 드는 작업을 피했고 담당 트럭에서 재수없게 무거운 상자가 많이 나오지 않기만 바랬다. 사정하고 부탁하는 게 아니라 요구해서 안 되면 싸워서라도 얻어내야 한다는 생각 같은 건 아예 하지도 않았다.

더군다나 그들은 더 이상 공장의 직원도 아니라고 했다. 사장이 나가라고 하면 직원은 나가는 것이라고 무오는 생각했다. 해고된 자 스스로 공장으로 돌아가겠다고 하는 것 자체가 무오에게는 놀라운 발상이었다.

무엇보다 무오를 당황스럽게 한 것은 사장이 공장에 관심이 없다는 대목이었다. 사장이 회사를 발전시키는 데는 관심이 없고 기술을 빼돌린 뒤 다른 회사에 팔고 싶어 하는 장사치에 불과하다며 도트가 진짜 공장의 주인은 우리들이라고 말했을 때 무오는 기분이 꽤나 이상해졌다. 자신의 비밀을 남에게서 듣고 알게 된 기분과 비슷했다.

'공장으로 돌아가자'

깃발을 든 남자가 앞장을 서자 대열이 뒤를 따랐다. 고딕체의 선명한 붉은 글자가 깃발 위에서 꿈틀거렸다. 깃발은 매섭게 불어닥치는 바람에 몸을 뒤채며 새가 날개를 파닥이는 것 같은 소리를 냈다.

도트가 구호를 외쳤다.

"정리해고 철회하라."

"먹튀자본 물러가라."

광장 한구석을 까맣게 메운 시위대 무리가 구호를 따라 외쳤다. 칼바람에 허옇게 튼 얼굴들에 일제히 화색이 돌았다. 깃발에 매달린 구호가 마치 기정 사실인 양 당장이라도 일터로 돌아가게 된 사람들처럼 잠시나마 활기가 솟았다.

그때 파랗게 불이 바뀐 신호등 건너편에서, 쌍둥이처럼 나란히 붙어선 두 개의 건물 사이에서, 페인트 칠을 새로 한 지하철역 출구에서, 대기 중이던 전경들이 머리에 헬멧을 쓰고 사열종대로 줄을 맞춘 채 역광장 주위로 모여들었다. 전경의 무리는 방패를 가슴까지 올려들고 순식간에 시위대를 에워쌌다.

입구가 완전히 봉쇄된 상황이었다. 전경들이 간격을 좁혀 연단 주위에 틈없이 붙어섰다. 대열은 몇 발자국 앞으로 걸어보지도 못하고 꼼짝 없이 발이 묶였다. 사방에서 불어닥치는 바람에 짧게 자른 머리가 방향도 없이 흩날렸다. 낮게 깔린 회색 구름이 빠른 속도로 서쪽으로 움직였다. 역사 지붕에 비스듬히 걸린 해가 시위대의 정수리 위로 한 뭉텅이 볕을 던졌다. 건물과 건물 사이, 층계참마다 반사된 빛이 축축한 그림자와 선명한 경계를 만들었다.

콘크리트 바닥에 떨어진 겨울 볕자락에 유난히 눈이 부셨다. 환한 볕 아래서도 겨울바람은 여전히 날카롭고 매서웠다. 바닥에서 한기가 올라오고 날선 바람은 귀가 아플 정도였다. 무오는 점퍼의 지퍼를 목 끝까지 올리고 주머니에 손을 집어넣었다.

무오의 눈에는 이들이 대단해 보였다. TV나 신문에 광고를 싣고 이름만 대면 지나가는 사람이 누구라도 알 수 있는 회사에 다녔던 이들이었다. 그런 회사에 들어갈 수 있는 기술을 어디서 배웠는지 알고 싶었다. 아마 누구를 만나도 떳떳했을 것이다. 그렇게 유명하고 큰 회사에 다니다가 어느 날 갑자기 일을 그만두라고 한다면 그건 참 골치 아픈 일일 것이라고 무오는 생각했다.

만약에 너라도 거리로 나왔을 것이냐, 회사를 상대로 질 것이 뻔한 싸움을 시작했을 것이냐고 묻는다면 그건 좀 얘기가 달라지겠지만 어쨌거나 광장을 가득 메운 채 마치 점령군이라도 되는 듯한 포즈로 담배를 태우기도 하고, 저희들끼리 자못 진지한 얘기를 나누다가 서로 어깨를 토닥이기도 하고 사장뿐만 아니라 정부를 향해 목소리를 높이기도 하는 그들의 무리가 무오의 눈에는 대단하게만 보였다.

바싹 약이 오른 시위대의 무리가 전경과 팽팽한 기싸움을 벌이고 있었다. 밀치락달치락 실랑이가 벌어진 끝에 몇몇 전경들이 보도 아래로 밀려 내려갔다가 다시 대열을 맞춰 올라섰다. 이제 슬슬 시위대를 포박하기 시작했다. 선두 대열이 전경들과 다시 몸싸움을 벌였다. 문은 좀처럼 열리지 않았다.

무오는 잠자코 방송이 나오기만을 기다렸다. 이부는 방송이 나오는 동시에 전경 쪽을 향해 볼트를 뿌리면 된다고 말했다. 무오는 이부의 말대로 그게 정말 별것 아닐 거라고 생각했다. 볼트 몇 번 뿌리고 십만원을 받을 수 있다면 몇 번이고 그 일을 하겠다고 생각했다. 하지만 막상 현장에 나와 보니 이건 좀 다른 문제였다. 모리의 점퍼를 입은 채 전경에게 볼트를 뿌린다는 게 쉬운 일은 아니었다. 대열에 끼여서 가만히 도트의 움직임을 좇는 것만으로도 신경써야 하는 게 이만저만이 아니었다. 볼트를 던지는 행동은 단번에 시위대의 눈에 띄기 마련이었다. 대열을 벗어나는 쪽이 낫겠다고 생각했다.

전경들이 기합 소리와 함께 방패를 콘크리트 바닥을 향해 내리찍었다. 딱 따닥 따닥 딱 따닥 딱 딱 딱 따닥. 규칙적으로 방패를 내리찍는 파찰음이 위협적으로 귀를 울렸다. 전경은 기합과 함께 점차 서로의 간격을 넓혔다. 가운데 서 있던 전경이 손을 위로 들었다. 전경의 대열이 양옆으로 갈라섰다. 마이크 시설을 갖춘 방송차량이 대열 앞으로 미끄러지듯 들어왔다. 방송이 시작되었다. 여자 기상캐스터의 목소리처럼 선명하고 또렷하고 맑은 음성이 흘러나오는 상황은 다소 기괴해 보였다.

"지금 여러분들은 폭력적인 시위로 시민들의 안전을 해치고 있습니다. 폭력행위를 중단하고 지금 즉시 해산하여주시기 바랍니다. 경찰은 시민들의 안전을 위해 불가피하게 대응을 할 수밖에 없습니다."

시위대 쪽에서 야유의 목소리를 퍼부었다.

"지금 여러분들은 전경에게 폭력을 행사하고 있습니다. 안전을 위한 조치를 취하는 수밖에 없습니다. 위험물질을 던지는 행위를 지금 즉시 중단하여주시기 바랍니다."

여경이 다시 마이크에 대고 같은 말을 반복했다.

무오의 가슴이 두근거리기 시작했다. 이부가 말한 방송이었다. 무오의 오른손이 바지 주머니 안으로 쑥 들어갔다. 나사 볼트 한 움큼을 손에 쥐었다.

화가 난 시위대 측에서 욕설이 날아들기 시작했다. 전경들이 다시 방패를 바닥에 내리꽂았다.

따닥 따닥 딱딱 딱.

아수라장이 된 틈을 타서 무오는 인도로 올라섰다. 전경들이 서 있는 쪽을 향해 뛰었다. 이부는 방송이 나오는 순간을 잘 노려야지 타이밍을 놓치면 죄다 소용이 없는 짓이라고 했다. 무오는 달려가면서 팔을 힘껏 휘둘러 허공에 볼트를 뿌렸다.

무오의 손을 떠난 볼트들이 포물선을 그리며 전경들의 대열 쪽으로 떨어졌다. 멀리 가지는 못하고 대열 앞줄에 조금 못 미친 도로 위에 떨어졌다. 무오는 좀 더 앞으로 뛰었다. 또 한 뭉치를 집어 이번에는 좀 전보다 더 먼 곳을 겨냥했다. 하늘 높이 떠오른 볼트들이 이번에는 제대로 맞았다. 전경의 무리 사이로 떨어진 볼트들은 방패와 안전모자에 맞으면서 금속이 부딪치는 소리와 함께 튀어올랐다가 다시 바닥으로 굴렀다.

"경고합니다. 여러분들이 폭력시위를 벌이고 있으니 이를 당장 중지하기를 바랍니다. 시위대 여러분들은 지금 전경을 향해 위험물질을 집어던지고 있습니다. 경찰은 시민의 안전을 위해 부득이하게 공권력을 투입할 수밖에 없습니다."

시위대가 술렁였다. 꼼짝없이 길을 막아놓고는 지금 무슨 소리를 하는 거냐고 목소리를 높였다. 다행히 무오를 발견한 이는 없는 듯했다. 무오는 다시 주머니에 손을 넣었다.

볼트를 다시 쥐었을 때 누군가 무오의 팔을 잡았다. 무오는 반사적으로 팔을 빼려 했으나 팔을 쥔 손아귀 힘이 보통은 아니었다. 고개를 돌리자 반점이 카메라를 들고 서 있었다.

"지금 여기서 뭐하는 거야?"

무오는 팔을 빼려고 몸을 뒤로 틀었지만 반점은 무오의 손을 놓지 않았다.

"놔."

무오가 팔을 흔들며 단호하게 말했다. 반점의 얼굴이 붉게 달아올랐다.

"이거 놓으래두."

목소리가 떨려 나왔다. 반점의 눈빛이 날카롭게 빛났다. 팔을 쥔 반점의 손아귀에 힘이 더 들어갔다. 무오는 반점에게 잡히지 않은 반대쪽 손을 주머니 속에 넣었다. 달콤한 맛 베지밀 B. 병은 차갑고 매끈했다. 무오는 유리병의 마개 쪽으로 이어지는 오목한 주둥이 부분을 손가락으로 감싸고 미끄러지지 않도록 단단히 쥐었다.

"이래봤자 저치들한테 휩쓸리는 꼴밖에 안 돼. 아직 시작도 안 했는데 벌써 이렇게 흥분하면 어떡해."

반점의 차분한 목소리는 무오를 타이르는 것 같았지만 시선은 온도를 가늠하기 어려웠다. 팔뚝을 잡힌 무오와 손아귀에 힘을 주고 있는 반점은 움직이지 않은 채 한동안 서로를 노려봤다. 그 순간에도 경찰 차량에서는 계속 방송이 흘러나오고 있었다. 무오는 볼트를 다 던지지 못한 게 마음에 걸렸다. 반점이 어디 있다가 무오를 발견했는지 모르지만 미행이라도 당한 듯 찜찜한 기분이었다.

언제부터 지켜보고 있었던 걸까. 어깨에 메고 있는 카메라로 볼트를 뿌리는 모습을 담기라도 한 걸까. 무오의 숨이 거칠어졌다.

"그만두자."

반점이 노인처럼 맥빠진 목소리로 종알거리더니 무오의 팔을 놓았다. 무오도 그제야 유리병을 쥔 손의 힘을 풀었다.

반점은 카메라를 바닥에 내려놓고 쪼그리고 앉은 채 담배를 물었다. 반점이 건넨 담배를 받아들고 무오도 라이터를 켰다. 두 번째 피우는 담배는 처음보다 나았다. 매캐한 연기를 들이마시는 건 여전히 불쾌했지만 연기를 허공에 내뿜을 때면 속이 좀 후련해지는 것 같았다.

요동 없는 찌를 바라보는 낚시꾼 같은 모습으로 시위대를 향해 있던 반점의 눈빛이 반짝 빛났다. 반점이 서둘러 카메라를 집어들었다. 와아, 하는 함성 소리와 함께 전경들이 옆으로 물러나며 시위대가 도로 위로 쏟아져나왔다.

4
백만원짜리 잠바

“야한 꿈이라도 꿨어? 뭘 그렇게 끙끙대.”

소파에서 곯아떨어졌던 무오가 상반신을 벌떡 일으켜 앉자 이부는 벽에 걸린 거울을 통해 무오의 얼굴을 쳐다봤다. 이부는 건성으로 말을 걸고는 무오의 대답은 듣지도 않은 채 다시 모니터 화면 쪽으로 고개를 돌렸다. 대단히 집중을 하고 있는 눈치였다.

무오의 얼굴에 발끈하는 기색이 스치고 지나갔다.

“사람이 어째서 그렇게 잔인합니까? 괴로워하는 것 같으면 옆에서 좀 깨워주지 않고.”

온몸이 찌뿌둥했다. 목을 좌우로 기울이고 허리에 손을 올린 채 몸통을 돌리고 팔을 휘휘 돌리다가 결국 자리에서 일어났다. 두 발을 벌리고 서더니 훌라후프라도 돌리듯 원을 그리며 허리를 움직였다. 좌로 돌리고 우로 돌리고 인상을 일그러뜨리며 끄으응 하는 신음 소리를 내더니 다시 소파에 털썩 주저앉았다.

악몽을 꿨다.

장화를 신은 사람이 서 있고 그 앞에는 짐승 한 마리가 웅크리고 누워 있었다. 짐승은 땅바닥에 들러붙은 듯 움직임이 없었다. 그가 장화를 신은 발끝으로 짐승의 배를 툭툭 건드렸다. 짐승은 죽은 듯 움직이지 않았다. 이번에는 장홧발로 짐승의 머리를 짓눌렀다. 머리 위를 밟고 올라서 짓이겼다. 그래도 짐승이 꼼짝하지 않자 웅크린 짐승의 등뼈 위에 한 발을 올려놓더니 저 너머의 누군가에게 손짓을 했다.

방패를 든 사람이 달려왔다. 둘은 귓속말로 수군거렸다. 짐승의 몸이 움찔거렸다. 방패를 든 사람이 방패의 끄트머리로 짐승의 허리를 내리찍었다. 짐승이 부르르 몸을 떨었다. 다시 한 번 내리찍었다. 몸의 경련이 차츰 잦아들었다. 몸뚱이가 힘을 잃고 처지기 시작했다. 방패를 든 사람이 짐승의 몸 여기저기에 도살을 하기 전 부위를 가르듯 선을 그었다. 문득 잊고 있던 일이 생각난 듯 불쑥 고개를 들었다. 저 너머의 누군가에게 손짓을 했다.

각목을 든 사람이 달려왔다. 그는 각목으로 짐승의 머리를 건드렸다. 짐승은 마침내 의식을 잃은 듯 보였다. 짐승은 움직이지 않았다. 그는 각목으로 짐승의 머리를 내리쳤다. 등뼈를 내리쳤다. 짐승의 엉덩이를, 다리를, 가슴을, 딱히 어디라 할 것도 없이 내리치고 또 내리쳤다. 사정없이 각목을 휘두르던 그의 팔이 미끄러지듯 내려갔다. 각목의 무게가 힘에 부친 듯 천천히 고개를 숙였다. 각목이 짐승의 몸 위로 떨어졌다. 한 손을 허리 위에 얹고 이마의 땀을 닦던 그가 고개를 홱 돌려 손을 앞으로 뻗었다.

그가 손을 흔든다. 무오를 향해 손을 흔든다. 예전부터 알았던 사람인 양 얼굴에는 친근한 미소를 띄우고 손을 흔든다. 어서 이리 오라고 와서 자기를 도우라고 손을 까딱인다.

크게 뜬 눈에 힘을 준 채 무오는 어깨를 주물렀다. 땀 때문에 축축해진 티셔츠가 등에 끈적하게 달라붙어 있었다. 무오는 스웨터의 목 부분을 잡아당기며 숨을 크게 들이마셨다.

제가 꾼 악몽을 가지고 괜히 남탓을 한다며 이부는 콧방귀를 뀌더니 다시 모니터에 정신이 팔렸다. 뭐 재미난 거라도 보는 모양이었다. 전에 없이 진지한 표정이었다. 무오는 슬리퍼를 끌고 느릿느릿 이부의 책상 뒤쪽으로 걸어갔다.

"회계를 조작하든 자진해서 파산을 신청하든 지네들이 무슨 상관이래. 집주인이 가만히 있는데 왜 세입자가 끼어드냐고. 집이 헐값에 팔리든 수도관을 뽑아가든 가계부를 가라로 쓰든, 무슨 권리로 간섭이야?"

이부가 오른쪽 다리를 떨며 코웃음을 쳤다.

화면을 통해 다시 보는 시위대의 모습은 어쩐지 초라해 보였다. 머리 위에서 펴덕이던 거대한 깃발도 볼품없는 천조각으로 보일 뿐이었다. 멋들어지게 휘갈겨 쓴 글자들도 비뚤배뚤 어설펐다. 사방을 메운 노동자들의 무리는 위에서 내려다보니까 겨우 손바닥만 했다. 단호하게 주장을 펼치던 도트의 연설은 연신 불어대는 바람 소리에 섞여 시끄러운 잡담처럼 들렸다. 위엄과 분노가 차단된 구호는 귀에 거슬리는 소음일 뿐이었다.

이부가 지루한 듯 파일을 빨리 감았다. 거리시위가 끝나갈 무렵이다. 시위대와 전경이 격렬하게 몸싸움을 벌이는 화면이 눈앞에 펼쳐졌다.

"어떠냐? 이 친구 꽤 싹수가 보이지?"

연신 감탄을 하던 이부가 빙그레 웃었다.

화면에 멍하니 시선을 두고 있던 무오가 이부의 말에 눈을 크게 떴다.

시위대 측에서 유난히 움직임이 격하고 적극적으로 대항하는 인물이 나타나면서 대열이 무너지고 점차 대응이 거세지면서 전쟁터를 방불케 했다. 그 볼썽사나운 인물이 바로 이부가 말하는 '이 친구'였다. 이부가 지난주에 새로 영입한 인물로 무오도 몇 번 사무실에서 마주친 적이 있었다. 얼굴이 뾰족하고 피부가 여자처럼 하얬다. 말수가 적었고 행동이 느렸다.

눈 아래쪽을 손수건으로 가린 그자가 모리 노동조합의 점퍼를 입고 스텐으로 된 봉을 들고 있었다. 얼마나 봉을 세게 쥐었는지 팔뚝의 근육이 단단하게 올라 있었다. 흥분한 얼굴을 일그러뜨리고 두리번거리며 욕설을 내뱉었다. 손에 든 봉을 휘두를 지점을 찾고 있는 것처럼 보였다. 사방을 훑던 시선이 잠시 한곳에 머무르는가 싶더니 그 방향을 향해 달리기 시작했다. 그가 등을 보이고 있던 한 전경의 머리를 향해 봉을 내리쳤다. 전경이 머리를 쥐고 도로 위에 쓰러졌다. 전경 하나가 뒤쪽에서 달려왔다. 그가 돌아서더니 달려드는 전경의 어깨를 내리쳤다.

"오."

이부가 감탄사를 발랄하게 터뜨렸다.

"보기랑은 다르게 단호한 면이 있네."

이부는 작품을 완성한 예술가처럼 뿌듯한 표정이었다.

욕설과 몸싸움이 난무하는 가운데 무오는 잠시 넋을 잃고 있었다. 그자는 이제 가스 엘피지 통에 불을 붙이고 있었다.

복도에서 마주친 그의 얼굴에는 표정이 없었고 무슨 일에도 시큰둥해 보였다. 침착하고 조용조용한 사람 같았다. 번득이는 저 두 눈이, 앞뒤 가리지 않고 휘두르는 팔이 그자의 것이라고 생각하자 무오는 등에 소름이 돋았다. 사무실에서 본 사람과 같은 사람이라는 사실이 믿어지지 않았다. 그가 눈을 질끈 감고 경찰차 유리를 깰 때까지만 해도 자기 행동에 대해서 의식하고 있는 상태로 보였다. 그런데 달려드는 전경의 어깨를 향해 봉을 내리치며 떼놓고 나서부터는 제정신이 아닌 것처럼 보였다. 너무 흥분한 나머지 자기가 그런 행동을 하는지도 모르면서 계속 날뛰고 있는 것 같았다. 누가 시켜서 억지로 무기를 휘두르는 게 아니라 밑바닥의 분노가 폭발해 어쩌지 못하고 있는 것처럼 보였던 것이다. 누군가 다른 사람이 그의 얼굴을 뒤집어쓰고 있는 게 아닐까 하는 생각이 들 정도였다.

"너 정도면 화이트칼라 아니냐?"

이부가 무오의 표정을 살피더니 화면을 껐다. 앞으로 되감았다가 다시 플레이 버튼을 눌렀다.

이번에는 도트의 얼굴이 나타났다. 거의 소리를 지르듯 말을 해서 겨우 알아들을 수 있을 지경이었다. 목소리를 높일 때마다 목덜미에 핏줄이 솟았다. 삼십 분이 지날 무렵부터는 목소리가 갈라지기 시작했다.

이부가 볼륨을 줄였다. 마치 광장에 모인 사람들에게는 핏대를 세운 목소리가 저들의 진정성이라도 증명해주는 것처럼 보였겠지, 하며 피식 웃었다. 뭐 그럴 수도 있다고 생각했다. 하지만 더 끔찍한 건 아마 자기 스스로도 그렇게 믿었을 거라는 사실이다, 라고 했다.

"오오."

리모컨을 내려놓으며 이부가 다시 감탄사를 연발했다.

"근데 저 새끼 연설을 엄청 잘하네. 난 저렇게 앞에 나가선 입이 안 떨어져서 한마디도 못하겠던데, 어떻게 저렇게 얘기를 잘하냐, 저기 있다간 나까지 감화감동 받겠어. 없던 믿음도 생기겠네."

"정말 대단했어요."

이부가 묘한 표정으로 무오를 돌아보더니 리모컨 버튼을 눌러 화면을 정지시켰다. 도트가 입을 벌리고 팔을 추켜올린 상태에서 동작을 멈추었다.

"저쪽에서 애쓰고 공들여 영웅을 만들면 우리는 그 영웅이 얼마나 형편없는 놈인지를 증명할 거다. 상황은 우리한테 전적으로 유리해. 왜냐, 뭔가가 없다는 걸 증명하기 위해서는 모든 집을 다 샅샅이 살피고 방의 문을 열어야 하지만 뭔가가 있다는 것을 증명하려면 그게 들어 있는 방문 하나만 열어도 되니까. 이렇게 간단한 방법을 두고 왜 굳이 무지막지한 병력을 들여야 해? 왜 자꾸 효율을, 이 단순한 원리를 잊지?"

이부가 화면을 리플레이시켰다가 다시 멈췄다. 도트의 얼굴이 정지화면에 크게 잡혔다. 이부가 그 앞으로 걸어가 도트의 얼굴을 마주 봤다.

"이 대단한 사람의 얼굴이 앞으로 어떻게 달라지는지 잘 지켜봐둬라. 무오 너도 인생공부가 단단히 될 테니까."

이부는 코를 후비더니 콧김를 휘익 내뿜었다.

"나는 말이야, 가끔씩 내 얼굴을 골똘히 바라본다. 마치 처음 보는 사람을 만난 것처럼. 이놈이 어떻게 생겼나, 무슨 생각을 하고 있나, 앞으로 뭔 짓을 할 것 같은가, 요리조리 뜯어보는 거지, 생전 처음 만난 놈 보듯이."

이부가 무오의 얼굴을 빤히 쳐다본다. 무오도 이부의 얼굴을 처음 보는 얼굴인 양 빤히 쳐다본다.

"뭘 봐, 인마?"

무오가 고개를 갸우뚱거렸다.

"이상해요."

"뭐가 이상해, 인마. 원래 사람 얼굴은 오래 쳐다보면 다 이상하게 생겼어."

"얼굴이 좀 달라진 것 같아요."

"그으래?"

이부가 거울 앞에서 얼굴을 찬찬히 살피다 휙 돌아서 무오의 코앞에 얼굴을 들이밀었다.

"어디가 달라졌는데?"

"어딘진 모르겠지만 분명 전이랑 달라요."

"잘 봐."

무오가 다시 이부의 얼굴을 뜯어본다.

눈가에서 관자놀이 부근으로 뻗어나 있는 얕은 주름. 오른쪽으로 조금 휘어진 콧대. 짧은 인중, 자줏빛 윗입술과, 그 아래

붙어 있는 제법 두툼한 아랫입술. 오른쪽 광대 부근에 난 3밀리 정도의 상처. 혈색이 나쁜 탁한 피부. 남들보다 작은 듯한 검은 자위와 언제나 피곤한 듯 보이는 충혈된 노란 흰자위.

눈썹 바로 위, 툭 튀어나왔다가 깎아지른 벼랑처럼 떨어져내리는 이마의 선 위에 무오의 시선이 오래 머물었다.

"이마랑,"

무오의 시선이 콧대를 따라 내려왔다. 무오의 시선이 인중을 지나서 멈췄다.

"아랫입술이요."

"야, 이 새끼 봐라."

이부가 몸을 일으키며 씨익 웃었다.

"내가 다른 건 몰라도 사람 보는 눈 하나는 확실하다니까."

이부가 턱을 문질렀다.

"아주 정확하네."

이부가 새초롬한 표정을 지었다.

"형 어제 이마랑 입술에 보톡스 좀 넣었어. 어때? 나 좀 젊어 보이냐? 응?"

"성형을 했다고요?"

엉덩이를 빼고 거울 앞에서 얼굴을 살피는 이부의 뒷모습이 어쩐지 안타까워서 무오는 고개를 돌렸다. 화면은 아직도 정지 상태였다. 도트의 얼굴이 붉었고 이마에는 핏줄이 튀어나와 있었다. 당장이라도 화면에서 튀어나올 것 같았다.

"요새 이런 정도는 성형이라고 하지도 않아. 뭐라고 하더라? 쁘띠? 그래, 쁘띠 성형."

무오의 배에서 꼬르륵거리는 소리가 났다.

"아직 저녁 안 먹었냐?"

무오가 고개를 끄덕였다.

"이런 날엔 칼국순데."

이부가 책상 위의 티슈를 뽑아 코를 풀었다.

"난 말이야, 가끔 니가 너 자신이 뭘 좋아하고 싫어하는지에 대해서 너무 정확하게 알고 있다는 사실에 아주 깜짝깜짝 놀라."

이부가 팔짱을 끼고 무오를 바라봤다.

"그리고 말이야. 만약에 무오 니가 관심사를 먹는 데서 다른 데로 확장시키면 아주 대단한 일도 하게 될 거라고 믿어 의심치 않는다."

"칼국수 시킬까요, 형?"

"오늘은 안 돼. 나 집에 일찍 들어가봐야 돼. 근데, 니가 웬일이냐?"

"밥 먹자는 게 뭐 이상한 일인가요?"

"그게 아니라,"

이부가 무오의 얼굴을 뜯어봤다.

"너 지금 날 형이라고 불렀어."

무오는 기억이 나지 않는 듯 고개를 갸웃거린다.

"평소에 그렇게 꼬박꼬박 존댓말을 쓰면서 존칭을 하던 놈이 형이라니까 갑자기 뒷목이 다 뻐근해진다야. 뭐 찔리는 거 있어? 너 내 뒤통수 때릴 짓 했지?"

"무슨 소리예요."

"그게 아니면 뭐야."

이부가 한참 동안 무오를 노려봤다. 무오가 시선을 피해 천장을 향해 고개를 들었다.

"아, 알았다."

무오가 고개를 내렸다. 이부의 얼굴에 미소가 감돌았다.

"돈 떨어졌지?"

무오가 얕은 한숨을 내쉬었다.

"어떻게 사람이 무슨 얘기만 나오면 돈타령입니까?"

"아니면 말고. 어쨌든 오늘 저녁은 집에 가서 각자 해결하자. 나 요새 매일 늦게 들어가서 마누라한테 이혼 당하게 생겼어."

이부가 컴퓨터를 껐다. 책상을 정리하고 가방까지 든 이부가 무오를 채근했다. 고작 몇 분을 더 기다리지 못하고 서두르라고 보챈다. 사무실 문을 잠그고 잰걸음으로 걷던 이부가 코트 자락을 걷어올려 손목시계를 확인했다. 이부의 걸음이 더 빨라졌다.

"앞으로가 중요한 거다. 니가 열쇠를 쥐고 있는 거야."

이부는 가쁜 숨을 쉬면서도 계속 떠들었다. 도트의 가정문제가 아주 안 좋다고 했다. 거의 파탄 직전이라는 것이다. 근처에 동생이 사는데 그쪽과도 한바탕을 벌인 모양이라고 했다. 하도 다툼이 잦아서 목격한 사람들이 꽤 되고, 동네 사람들 사이에서도 평판이 좋지 않다고 했다. 주사가 심하다고 했다. 그러므로 건수가 터지는 건 시간문제라고 했다.

"그리고 이건 그냥 느낌인데, 생각보다 그날이 빨리 올 것 같다."

이부가 입맛을 다셨다.

"그리고 말이야. 나는 이왕이면 그 사건이 마누라 사이에서 일어나는 게 어떨까 생각하고 있어."

"그게 무슨 소립니까?"

무오가 멈춰 섰다. 이부가 무오를 등을 툭 치고 앞장 서 걸었다.

"스탈린이 이런 말을 했어. 만약에 의지가 강한 사람이 똑똑하다면 그 사람은 적극적이게 되어 있다고. 그리고 만약 어떤 사람이 정신적으로 강하고 똑똑하다면, 그러니까 어떤 사람이 적극적이라면, 그것이 바로 선이라고."

무오가 아랫입술을 만지작거렸다.

"결국 악이라는 건 유약하고 게으르고 어리석은 자들이 어쩔 수 없이 가지게 될 성품이라는 거지."

무오는 스탈린이라는 사람이 누군지도 몰랐다. 이부의 말은 알아들을 것도 같았고 못 알아들을 것도 같았다. 아무 대꾸가 없자 이부가 무오의 옆구리를 콕 찔렀다.

"왜? 세상에 선한 사람이 따로 있는 것 같아서?"

이부의 눈빛이 낯설었다. 무오는 시선을 피했다.

"내일 새벽에 일찍 나와라. 종일 붙어. 카메라 챙기는 거 잊지 말고. 야, 그리고 이따 집에 들어가는 길에 돈 넣을 테니까 잠바나 하나 좋은 걸로 사입어라. 같이 다니기 쉽지 않은 디자인이네, 그거."

이부가 무오의 옷차림을 위아래로 훑더니 오른손을 가볍게 들어 인사를 하고 종종걸음을 걸으며 주차장 쪽으로 사라졌다. 무오는 입고 있는 붉은색 패딩 점퍼를 살펴보았다. 고개를 갸우뚱하며 멀쩡한 새 잠바를 두고 왜 저러는지 모르겠다고 투덜거렸다.

시장 골목의 칼국수 집에서 오늘도 해물칼국수를 시켰다. 칼국수는 먹어도먹어도 물리지 않을 만큼 맛있었다. 오늘은 해물이 더 많이 들어간 것 같았다. 물도 좋고 싱싱했다.

그릇을 거의 다 비워갈 때쯤 이부가 입금한 내역이 문자메시지로 도착했다. 잠바를 사입으라고 넣어준 돈이 자그마치 백만 원이나 되었다. 아마 실수로 숫자 0을 하나 더 넣은 모양이었다. 하지만 이부가 그런 실수를 할 사람인가 하면 그렇지 않았다. 무오는 젓가락을 내려놓고 집게손가락으로 짚어가며 다시 숫자를 세어보았다. 백만원이 맞았다.

'잠바 살 돈을 무슨 백만원이나 넣어주나. 평생 입을 잠바를 다 사도 되겠네.'

국물을 들이켜던 무오가 갑자기 그릇을 내려놓았다. 멀쩡한 잠바를 트집 잡은 이유를 그제야 눈치챘다.

잠바를 사라는 말은 새로운 일이 시작된다는 거였다.

그 일이 백만원짜리라는 뜻이었다.

5
단도

무언가 떨어지는 소리가 들린다. 묵직한 것이 아래로 떨어져 내리며 나는 둔탁한 마찰음이다. 소리는 점점 빨라졌다가 다시 느려지고 잠시 멈추었다가 다시 시작된다. 그리고 그 틈 사이로 낮은 신음 소리가 들린다. 앙다문 잇새로 가느다랗게 비어져나오는 이 신음 소리는 울음을 참고 있는 것 같기도 하고 웃음을 참고 있는 것 같기도 하다. 다시 소리와 소리 사이의 간격이 빨라진다. 심장의 박동 수가 빨라지며 가쁜 숨이 턱턱 막혀온다.

누군가 누군가를 각목으로 내리치고 있다. 맞는 사람은 바닥에 엎드려 있고 그에게는 의식이 없다. 의식이 있다고 하더라도 저항할 의지가 없어 보인다. 그의 그러한 태도가 때리는 자를 더욱 자극하는 모양인지 몽둥이를 든 사람은 점점 더 과격

해진다. 맞는 사람의 입에서 나오는 줄 알았던 소리, 밖으로 내보내지 못하고 입안에서 맴만 도는 신음 소리는 때리는 자의 것이다. 화를 이기지 못한 채 온 힘을 다해 각목을 내리쳐보지만 그럴수록 더 고통스러워 보이는 것은 오히려 때리는 사람 자신이다. 방어할 능력이라고는 전혀 없는 무방비 상태의 상대에게 잔인한 몽둥이세례를 퍼부으면서도 그의 눈은 오히려 제 쪽에서 억울한 일을 당했다는 듯 점점 더 벌게지고 있다. 얼굴은 부어오르고 두 손은 떨리며 어깨에는 경련이 인다. 해소되지 못한 분노가 그의 몸을 완전히 잠식한다. 휘두르던 각목이 부러져 날아가고 나자 힘없이 무릎이 꺾인다. 앙다문 입이 한순간 벌어지며 마치 세상에 태어나 처음으로 우는 사람처럼 서럽게 울기 시작한다.

상체를 벌떡 일으킨 무오가 이불 위에 엎드렸다. 또 악몽이다. 매번 때리고 맞는 꿈이다. 몽둥이를 든 사람이 등장하고 맞는 사람은 죽은 듯 땅에 엎드려 있다. 맞는 사람은 늘 혼자다. 현장을 감싸고 있던 축축하고 끈끈한 공기가 여전히 달아나지 않고 주위를 에워싸고 있는 것 같아서 무오는 몸을 부르르 떨었다.

꿈속에서 무오가 맞는 사람이었는지 아니면 때리는 사람이었는지는 기억이 나지 않는다. 깨고 나서 몸이 아픈 걸 보면 맞는 사람 같은데 각목을 휘두르는 장면이 이토록 선명히 떠오르는 걸 보면 때리는 사람 쪽이었는지도 모른다. 그런 생각을 하고 있는데 갑자기 재채기가 나왔다.

방 안이라고 하기 무안할 만큼 공기가 차가웠다. 보일러가 또 고장인 모양이었다. 지금 해결할 수 있는 문제가 아니니까 일단 덮고 있던 이불까지 깔고 누웠다. 그래도 등을 타고 한기가 올라왔다. 다시 몸이 떨렸다. 추위로 인한 고통이 악몽으로 인한 고통을 쫓는다. 그게 다행인지 아니면 더 불행한 경우인지는 알 수 없다. 그저 내일은 꼭 보일러 수리공을 불러야겠다는 생각만 했다. 그러나 오 분도 지나지 않아 다시 벌떡 일어났다. 이대로 그냥 자다간 감기에 걸리기 십상이다. 한뎃잠을 자다가 입이 돌아갔다는 얘기도 생각났다. 무오는 옷장 안에 걸어둔 점퍼를 꺼내 입은 뒤 지퍼를 올리고 모자까지 뒤집어쓴 뒤 다시 잠을 청했다.

다음날 사무실이 있는 건물 지하의 콩나물해장국 집에서 이부와 함께 아침을 먹으면서 무오는 당일 일정을 전달받았다. 저녁에 농성장을 철거할 계획이라고 했다. 철거현장이니만큼 격한 상황이 벌어질 가능성이 높고, 상황을 진행시키기 위해 도구를 쓰게 될지 모른다고 했다. 증거물품이 있으면 재판에서 불리하게 작용하니까 그 도구를 그대로 두고 올 이유가 없다, 무오가 할 일은 그 도구와 관련된 증거물품들을 찾아오는 거라고 이부가 말했다.

그 도구라는 게 뭐냐고 물으니 이부는 대수롭지 않다는 듯 칼, 이라고 대답한다. 국밥 그릇에 고개를 처박고 수저질을 하던 무오가 천천히 고개를 들었다.

"칼이요?"

"그래, 요만한 정도."

이부가 팔뚝을 걷고 손목과 팔꿈치 사이의 중간쯤을 가리켰다. 무오가 이부를 빤히 쳐다보자 이부가 뭔가 말하려다가 모주를 단숨에 들이키더니 테이블 위에 소리 나게 내려놓는다.

"철거하는 데 왜 칼이 필요해요?"

무오의 얼굴이 일그러지자 이부가 웃으며 손바닥을 흔든다.

"왜 벌써부터 인상을 찌푸리고 그래."

무오는 이부에게 보이기 위해 의미 없이 고개를 끄덕였다. 그때 테이블 위의 핸드폰이 진동했다. 광고문자일 거라고 생각했지만 어색한 분위기에서 벗어나는 데는 나쁘지 않을 것 같아 핸드폰을 집어들었다.

'언제 나와?'

반점이었다.

그날 시위 이후로 반점이 가끔 연락을 해왔다. 알아두면 나쁠 것 같지 않아 무오도 적절히 대꾸를 했다. 별다른 생각이 있었던 것은 아닌데 그런 식으로 연락을 하다 보니까 가끔은 무오가 먼저 메시지를 보낼 때도 있었다. 무오는 반점에게 주로 한 문장으로 된 짤막한 메시지를 보냈고 반점은 재미있는 동영상이나 기사, 게시판의 글같이 읽을거리들을 무오에게 보내왔다.

이부가 수저질을 멈추고 요새 만나는 여자가 있느냐고 넌지시 묻는다.

"아뇨. 여자는 무슨."

무오가 점퍼 속에 핸드폰을 집어넣었다.

"특별히 변동사항 없는 한 오후 네다섯 시쯤 갈 거다. 얘기 나가면 골치 아프니까 증거가 될 만한 건 다 챙겨나와."

무오가 당근 한쪽을 집어 입에 넣고 우물거렸다. 습관처럼 고개를 끄덕이는데 테이블 위에 놓인 이부의 핸드폰 줄에 시선이 멈췄다. 가시관을 머리에 쓰고 있는 예수가 매달려 있는 목각 십자가다.

"요새 교회 다닙니까?"

무오가 십자가에서 눈을 떼지 않은 채 물었다. 이부가 무오의 시선을 따라가다가 자신의 핸드폰에 달린 십자가에 닿았다.

"아, 이거? 마누라가 하도 칭얼대서 그냥 주일에 예배만 드리는 거야."

이부가 모주 남은 것을 비우며 대수롭지 않다는 듯 말했다.

"주일이요?"

무오의 표정을 살피던 이부가 말을 바꿨다.

"아아, 일요일. 일요일만 가는 거야."

이부가 핸드폰을 집어들자 핸드폰에 달린 십자가가 허공에서 덜렁거렸다. 무오가 깊은 동굴 안이라도 들여다보듯 목각 십자가를 바라보았다

"왜? 너도 하나 갖다줘?"

"아뇨."

무오가 고개를 젓자 이부가 이쑤시개로 잇새에 낀 음식물을 골라냈다. 무오는 박의 죽음을 통해 깨달았던 사실, 인간은 필요하지 않은 일은 하지 않는다는 것을 문득 떠올렸다. 만약에 이부가 십자가를 갖고 있다면 그건 이부가 십자가를 필요로 한다는 뜻이었다.

이부는 이쪽 일을 시작하면서 외모에 신경을 많이 썼다. 옆 건물의 피부과를 들락거리며 꾸준히 보톡스 시술을 받고 꼬박꼬박 염색을 하고 헤어스타일에도 신경을 썼다. 옷은 따뜻하기만 하면 그만이라고 생각하는 무오와는 달리 옷도 구두도 비싼 것만 두르고 다녔다. 무오는 에센스를 발라 넘겨 빗은 이부의 까맣고 윤기 나는 머리칼과 몸에 잘 맞는 사이즈로 맞춰 입은 새 양복, 그리고 핸드폰에 걸린 십자가를 번갈아가며 쳐다봤다.

지난달 모리 노조에서는 역광장 앞에 철조물로 골격을 만들고 그 위에 비닐을 얹어 오 평 정도의 천막을 만들었다. 그곳을 거점 삼아 아침마다 선전전을 벌이고 전단지에 소식을 담아 나

누고 서명을 받고 모금운동을 벌이고 있었다. 그곳으로 다른 노동조합이나 단체에서 지지방문을 오기도 하고, 가끔씩 야당의 정치인들이 노조 사람들과 포즈를 잡고 사진을 찍어가기도 했다. 바자회나 문화제 같은 행사가 열려 사람들이 북적거리는 날도 있었다.

무오가 농성장에 도착한 건 아홉 시가 좀 넘은 시간이었다. 몇몇 사람들이 그 안에 들어앉아 얘기를 나누고 있고, 밖에 서 있는 사람들도 또 몇몇 되었다. 도로에 접해 있는 보도블록 위에 젊은 층으로 보이는 남자 셋이 서서 뭔가 진지한 얘기를 나누고 있었다. 제일 왼쪽, 양 주머니에 손을 찔러넣고 귀에 담배를 꽂은 키가 작은 녀석이 반점이다. 반점의 오른쪽 옆에 있는 사람은 다른 인터넷 신문기자, 왼쪽은 노조의 선전 담당 조합원으로, 조합원 쪽에서 반점과 다른 기자에게 뭔가 설명을 하고 있는 중인 것 같았다. 무오가 손을 살짝 들어 반점에게 알은척을 하자 반점도 오른손을 가볍게 올렸다가 내렸다. 반점이 입가에 미소를 살짝 머금자 무오는 안심이 된다. 반점이 철거된 건물 앞에 깔아둔 돗자리를 가리켰다. 거기서 기다리라는 시늉을 한 뒤 다시 그들과 얘기를 나누는 데 열중한다. 무오는 돗자리에 앉아 전단을 접고 있는 무리 뒤쪽에 자리를 잡고 앉았다.

잠시 후 반점이 무오의 옆에 앉았다. 인상을 쓰고 있기에 무슨 일이냐고 물으니 무오의 귀에 대고 나지막한 목소리로 속삭였다.

"오늘 친다는 얘기가 있어. 작정하고 들어오면 사실 막을 도리는 없는데. 거기다 어제 주점이 늦게 끝나서 지금 인원도 최소인데. 이거 아주 죽을 맛이네."

반점은 그렇게 말하고 나서 고개를 하늘로 쳐들더니 다시 한숨을 내쉬었다.

"언제쯤?"

무오는 자기도 모르게 그렇게 물었다. 얼굴 표정 하나 바뀌지 않고 그렇게 물어본 자신에 대해 놀라면서도 반점의 시선을 의식해서 부러 심각한 표정을 짓고 입술을 내밀었다. 얼굴이 화악 달아오르며 심장박동이 조금씩 빨라지는 게 느껴졌다.

"모르지. 오전부터 다들 대기 중이긴 한데."

반점이 고개를 숙였다. 해가 넘어가고 하늘이 어둑해지는가 싶더니 어느새 노랗게 질리기 시작했다.

철거원들이 도착한 건 다섯 시가 좀 지난 시간이었다. 도로저 너머에서 트럭 세 대가 연이어 넘어왔다. 농성장 내부를 대충 정리한 뒤 하나둘씩 자리에서 일어나 스크럼을 짤 태세를 갖추었다. 농성장을 뒤로하고 열 명씩 횡대로 섰다. 이제 트럭은 건물에서 얼마 떨어지지 않은 건널목에 대기 중이었다. 철거장비와 용역들을 실은 트럭이 둘에 쓰레기차가 하나다. 다들

팔에 팔을 엇갈려 걸고 주먹을 단단히 쥐었다.

대열 앞에 선 지부장이 쉰 목소리로 외쳤다.

"반드시 이겨서 공장으로 돌아간다."

"반드시 이겨서 공장으로 돌아간다."

목청을 높여 외치는 소리가 무오의 귓가를 쟁쟁 울렸다. 찬 바람에 귓바퀴가 아프고 이마가 얼얼할 정도의 추위였다. 무오는 반드시 이긴다는 구절이 마음에 들어서 그 부분을 외칠 때 목소리에 더 힘을 실었다.

마침내 트럭이 농성장 건너편 신호등 앞에 섰다. 지부장이 지시를 내리자 팔짱을 낀 사람들이 간격을 좁혔다. 트럭에서 하늘색 조끼를 입은 사람들이 우르르 내려와 건널목을 건넜다. 용역들은 제일 앞줄의 대열과 붙었다. 방향이 다른 두 개의 파도가 맞부딪치듯이 해고자 대열과 철거반 대열이 마주쳤다. 옥신각신 밀고 당기는 몇 차례의 거친 실랑이가 오가다가 스크럼이 한순간 무너졌다. 틈새를 파고 들어간 철거반원들이 농성장으로 달려들어 일제히 골재를 뜯어내기 시작했다. 좌우로 넘어졌던 해고자들이 다시 일어나 철거원들의 등 뒤에 들러붙었다. 뒤쪽에서 대기 중이던 다른 철거반원들이 다시 해고자 무리 뒤편에 붙어 섰다. 해고자들이 뒤쪽의 철거반원들과 대치하는 동안 농성장은 반쯤 허물어졌다. 부서진 골재가 도로 위로 던져졌고 비닐이 거칠게 뜯겨 나갔다. 벽에 붙인 선

전물들이 한꺼번에 넘어지며 분주히 오가는 발에 형체를 알 수 없이 짓밟혔다.

철거반원들이 재빠르게 건물을 무너뜨리고 철대며 비닐들을 바닥에 내던지는 가운데 해고자들과 뒤편에 서 있던 용역들의 몸싸움이 계속되었다. 한쪽에서는 열댓 명의 무리들이 무더기로 맞붙어 서로 밀치고 밀렸고 간혹 두서넛씩 몸싸움을 벌이기도 했다. 해고자 하나를 철거반원 둘이 양쪽에서 밀어붙여 꼼짝 못하게 하기도 했고 해고자 여럿이 철거반원 하나를 둘러싸고 삿대질을 해대며 당장이라도 달려들 듯 으르렁거리기도 했다. 주먹질과 욕설이 난무하는 가운데 모두 제정신이 아니었다. 바닥에 주저앉은 채 무너져가는 농성장을 넋 잃고 바라보는 이도 있었다. 너무 많은 사람들이 소리를 높였고 서로 부딪혔고 넘어졌고 때리고 다쳤고 악다구니를 썼고 눈물을 흘렸다.

농성장이 무너져 보이지 않을 때쯤 지부장이 하늘이라도 찌를 듯 날카로운 비명을 질렀다. 지부장은 온몸이 굳은 듯 멈춰서 있었다. 오른쪽 옆구리에 손을 얹은 채 얼굴은 허옇게 질려 있었다.

지부장과 마주 보고 있는 용역의 손에 단도가 쥐어져 있었다. 단도에는 피가 묻어 있었다. 일순간 침묵이 흘렀다. 지부장의 허리께에 붉은 핏물이 괴더니 바짓가랑이를 따라 거짓말처럼 빠른 속도로 흘러내렸다. 사람들이 지부장을 둘러쌌다. 구급상자를 들고 달려온 이가 소독약과 붕대로 응급처치를 했다. 지부장은 부축을 받으며 들것에 실려나갔다.

나머지 사람들이 단도를 쥔 용역을 둘러쌌다. 그중 한 사람이 용역의 손목을 잡아채 단도를 쥔 손을 높이 쳐들었다. 단도를 쥔 용역이 몸을 비틀며 손을 빼내려고 하자 몇몇이 더 달려들어 그를 둘러싸고 손목을 붙들었다. 누가 외쳤다.

"찍어!"

용역이 쥐고 있는 칼끝에 멍하니 시선을 두고 있던 반점이 그제야 정신을 차린 듯 카메라를 들고 뛰어갔다. 움찔거리는 두꺼운 손목을 대여섯 명이 단단히 붙들고 있었다. 반점이 카메라를 들고 가까이 붙어 섰다. 충격에서 벗어나지 못한 이들이 여전히 웅성거리는 가운데 허연 플래시가 연달아 터졌다. 저물녘의 보도 위, 손목을 붙들린 채 하늘을 향해 칼끝을 겨냥하고 있는 한 남자의 모습은 비현실적으로 보였다.

그때 용역이 손가락에 힘을 풀었다. 칼이 바닥으로 툭 소리를 내며 떨어졌다.

"증거물품입니다, 잘 챙깁시다!"

다시 누군가 외쳤다.

반점이 바닥에 떨어진 칼에 렌즈를 가까이 대고 연속으로 셔터를 눌렀다. 그리고 칼을 집어들어 신문지에 싸서 등에 메고 있던 백팩 안에 넣었다. 두 사람이 용역의 팔을 뒤로 꺾은 채 어디론가 끌고 갔다.

미화원들이 농성장 주변을 치우기 시작했다. 쓰레기차의 뒷문이 열리고 거리에 흩어져 있던 물품들이 모조리 그 안으로 던져졌다. 눈이 벌게진 해고자 한 명이 쓰레기차 앞으로 달려갔다. 사진을 붙이고 색지를 덧댄 스티로폼판, 반동강이 난 서명판과 형체를 알 수 없게 되어버린 모금함 같은 것들을 도로 끄집어내며 누구에게랄 것 없이 외친다.

"이건 쓰레기가 아닙니다!"

고작 한 문장을 내뱉더니 남자는 주저앉는다. 미화원들은 그 소리에 아랑곳하지 않고 하던 일을 계속한다. 그들은 아무것도 보이지 않는 듯 그저 묵묵하게 자신들의 할 일을 수행할 뿐이다.

"쓰레기 아니라고요."

이번에는 큰 소리를 내지도 못하고 입안에서 웅얼거린다.

해고자들의 무릎이 하나둘 꺾이기 시작한다. 누군가는 울음을 터뜨리고 누군가는 넋두리를 내뱉고 누군가는 미화원들에게 삿대질을 한다. 미화원들은 되도록 빨리 일을 처리하는 게 낫겠다고 판단했는지 좀 전보다 속도를 내어 분주히 움직이며 거리에 나앉은 나머지 물품들을 쓰레기차에 담더니 사라졌다. 아무 일도 없었던 듯 이제 보도 위는 깨끗했고 마치 같은 꿈을 꾸다 깨어난 사람들처럼 해고자들은 서로 비슷한 표정을 짓고 있었다.

반점은 오늘 당한 일을 당장 기사로 올려야 한다며 농성장이 있던 빈터를 향해 셔터를 눌러댔다. 무오는 담벼락에 등을 붙이고 멍하니 앉아 있었다. 아직도 귓속이 윙윙대는 것 같았다.

반점이 카메라를 어깨에 메고 무오 옆에 나란히 앉았다. 그리고 낮은 목소리로 속삭였다.

"자희 형이 연락두절이야."

무오가 고개를 홱 돌렸다. 반점이 가운뎃손가락을 세워 입술 위에 얹었다.

"사람들한텐 급하게 연락 온 다른 단체랑 회의 들어가는 바람에 일정에서 빠졌다고 둘러대긴 했는데 사실 사흘 전부터 연락이 안 된대. 자희 형은 지금 이런 상황도 모르겠지? 있으면 가만히 있진 않을 텐데."

무오가 더듬거리며 물었다.

"그럼 어디로 간 거야?"

"그거야 나도 모르지. 연락두절인데."

"왜지?"

"왜냐고?"

반점이 무오를 힐끗 쳐다봤다.

"도망쳤다니까. 그걸 누가 알겠어."

"왜 도망을 쳤지?"

반점이 의아하다는 눈빛으로 무오를 돌아봤다.

"모르겠냐?"

반점이 고개를 갸우뚱거렸다.

"나라도 도망을 치고 싶었을걸. 아니, 도망을 쳐도 백 번은 더 도망을 치고 싶었겠다. 너라면 안 그러겠어?"

"나?"

무오는 반점의 질문이 이상하다고 생각했다.

나라니. 무오는 돈을 받고 남의 뒤를 쫓으며 미행이나 하는 잡역부에 불과하고 그는 나와 전혀 다른 사람이다. 그는 싸움꾼이다. 그것도 어마어마한 규모의 공장과 싸우는 싸움꾼이다. 무오는 꿈도 꿔본 적이 없는 일을 하는 사람이다. 그러니 그가 도망쳐서는 안 된다. 그는 도망을 칠 수 없다. 도망을 쳐서는 안 된다. 나라니. 그는 나와 비교할 수 없는 사람이다. 무오는 도트가 도망을 칠 수 있다는 것을 단 한 번도 상상하지 못했다.

반점이 무오를 보며 눈을 깜빡였다.

"형도 사람인데 도망치고 싶지 않겠어? 싸움은 가망이 없고, 동료들은 하나씩 무너져가는데 어떻게 계속 가자고 당당하게 말을 해? 연행된 사람들만 오십여 명에, 지난주에는 회사 측에 40억을 지불하라는 판결이 났어. 40억이라니 말이 돼? 40억? 40억은 나 같은 사람이랑은 죽기 전까지 상관이 없는 액수일 줄 알았는데. 차라리 사백만원이라면 차라리 마음이 무거웠을 것 같아. 부당한 판결이건 어쨌건 진짜 갚아야 될 것 같기도 하고. 근데 갚아야 할 돈이 40억이라잖아, 40억. 판결나고 나서 형 목이 푹 꺾이는데, 나도 그 얼굴 더 못 보겠더라. 형이 도망 안 갔으면 내가 갔을지도 모르겠다. 생각해보니까 그래."

반점은 웃었다. 씁쓸한 얼굴을 거두고 피식 웃더니 나뭇가지를 주워 바닥에 대고 '40'이라는 숫자를 썼다.

"말이 되냐고."

나뭇가지를 집어던지고 난 반점이 정말 우스운 얘길 들었다는 듯이 배를 쥐고 깔깔 웃었다.

"그게 정말 갚으라는 뜻이냐고."

이번에는 착 가라앉은 목소리다.

"다들 자기 얼굴만 바라보고 있는데 거기다 대고 무슨 말을 하겠어. 그렇다고 여기서 그만두자고 해, 아니면 그래도 계속 힘내서 싸우자고 해?"

반점이 또 웃으려다 입을 다물고 발끝으로 땅을 비벼 팠다.

"에이씨, 담배나 피우자."

반점이 담배를 꺼내 물고 라이터에 불을 당겼다. 엄지손가락이 미끄러지며 톱니가 돌아갔지만 가스가 힘없이 새어나가는 소리만 들릴 뿐 불꽃은 만들어지지 않았다. 몇 번 더 시도하던 반점이 무릎을 털고 일어났다.

"라이터 사러 갔다 올게."

자리에서 일어난 반점이 길 건너편 편의점을 향해 터덜터덜 걸음을 옮겼다. 반점의 뒷모습을 바라보던 무오는 자기가 감상에 빠져 있을 때가 아니라는 것을 깨달았다. 지금이 바로 움직여야 할 순간이었다.

편의점 안으로 반점이 들어가자마자 반점이 두고 간 카메라 가방을 열었다. 심장이 쿵쿵 뛰었다. 일단 카메라 옆쪽의 덮개를 열고 메모리카드를 꺼내 주머니 속에 넣었다. 무오는 다시 편의점 쪽을 힐끗 쳐다봤다. 반점은 아직 카운터 앞에 서 있었다. 이번에는 백팩 지퍼를 열고 그 안에 손을 쑥 집어넣었다. 신문지에 둘둘 말린, 납작하고 단단한 칼날이 손에 잡혔다. 그걸 꺼내 다시 잠바 안주머니에 넣었다. 재빨리 지퍼를 닫고 주머니에 양손을 넣었다. 심장이 두근거리는 소리가 온몸을 울렸다. 허리를 똑바로 세우고 있는 것도 힘이 들었다. 아랫배에 힘을 꽉 주고 호흡을 가다듬었다.

편의점에서 나온 반점은 도로 건너편 신호등 옆에 서 있었다. 유난히 마른 반점의 몸이 좌우로 조금씩 흔들리는 것처럼 보였다. 반점은 무오를 향해 보일 듯 말 듯한 미소를 짓는다. 심장의 박동이 점차 느려지며 어깨에 힘이 쭉 풀렸다. 가슴팍 위쪽에서 박동하던 기운이 한순간 아랫배 쪽으로 쑤욱 내려가며 추처럼 묵직하게 매달렸다. 코끝이 매웠다.

반점은 발소리를 내며 천천히 걸어와 무오의 옆에 앉았다.

자기 입에 담배 한 대를 물고 무오의 입에도 한 대를 물리고 불을 붙였다. 종이가 타들어가며 차가운 밤공기 사이로 파란 연기가 퍼져나갔다.

무오는 반점의 얼굴을 쳐다볼 수 없었다. 계속 반점의 손만 봤다. 하얗고 가느다란 반점의 손가락. 손가락 끝이 둥글었고 손톱은 길게 길러 둥그런 모양으로 잘랐다.

"뭘 그렇게 봐?"

반점이 무오를 쳐다봤다. 무오가 고개를 저었다.

"근데 너 오늘 이상하다."

"뭐가?"

고개를 저었다. 반점의 얼굴을 도저히 쳐다볼 수가 없다.

주머니 속에 넣어둔 전송기 수신음이 들렸다. 전송기를 꺼내 메시지를 확인했다. 이부이었다. 지도를 보내왔다. 인근에 위치한 공업단지의 서쪽 부근에서 붉은 점이 깜빡이고 있었다. 다시 수신음이 울렸다. 이번에는 지시사항이 도착했다.

'내일 밤 8시. 비어 굿 호프.'

반점이 무오에게 한 발짝 다가가며 얼굴을 가까이 댔다.

"너 혹시,"

무오가 반점의 눈을 바라봤다. 반점의 눈은 검은자위가 아주 까맣고 그 주위는 신비스러운 갈색 빛이었다. 한순간 새까만 검은자위가 좀 더 넓어지는 것을 본 것 같다.

"여자 생겼어?"

반점의 얼굴에 웃음이 번졌다.

6
검은 눈두덩이

“중요한 건 얼굴이 나오는 거야. 상황이 아무리 강력하고 명확해도 얼굴이 안 나오면 찍으나 마나니까 특별히 신경쓰고.”

무오는 공업단지로 이동하기 전 사무실에 들러서 이부에게 소형 비디오카메라를 받았다. 윤기가 나는 검정색 카메라는 한 손에 잡힐 정도 크기의 직육면체 모양으로 일본의 유명한 브랜드 제품이었다. 무오는 비디오카메라를 가져보는 건 처음이어서 손에 더러운 것이 묻지도 않았는데 바지에 손바닥을 여러 번 문지른 뒤에야 겨우 집어들었다.

무오가 카메라를 만지작거리는 동안 이부는 오늘 할 일을 설명했다. 지난번 강경 진압 이후로 여론이 매우 좋지 않다, 하지만 언제나 그랬듯 위기는 기회가 될 수 있지 않겠냐, 비난이 가장 거대해졌을 때 그 방향을 살짝 틀어준다고 생각하면 지금

이 상황은 오히려 우리에게 유리할 수 있다, 전화위복이란 말도 있지 않냐, 이부는 슬슬 흥분하면서 열을 올렸는데 이부가 그럴 때면 분명 불리한 상황에 놓여 있는 경우였다.

이부가 원하는 건 도트가 폭발을 하는 순간이었다. 궁지에 몰리면 쥐도 고양이를 문다고, 제아무리 훌륭한 인격자라도 감당할 수 없는 지경에 이르면 상대에게 달려드는 수밖에 없다. 책임감이 강한 사람이 도망을 쳤다면 그 순간이 멀지만은 않았다는 뜻이다. 이제 무오가 할 일은 그 순간을 포착하는 것, 도트를 따라다니다가 폭력을 저지르는 상황이 발생했을 때 그 장면을 비디오카메라에 담는 것이라고 했다.

이부는 말을 끝마치고 나서 전자담배를 물고 허공을 바라보더니 오묘한 미소를 지어 보였다. 이부의 눈빛이 아주 이상하게 빛나고 있어서 무오는 이부와 단둘이 있는 것이 부담스러울 정도였다. 이 주 전에 있었던 농성장 진압 이후 이부는 어딘가 달라졌다. 무오에게는 꽤나 부드러웠는데 다른 사람들과 통화를 할 때는 험한 말을 자주 입에 올렸고, 그럴 때의 사납고 신경질적인 모습과 무오를 대하는 형 같고 아버지 같은 자상함 사이의 낙차가 꽤 커서 현기증을 느낄 정도였다. 무오는 차라리 이부가 자신에게도 신경질을 내는 편이 더 낫겠다고 생각했다.

"한 달 뒤가 될 수도 있지만 오늘 당장 그 일이 일어날 수도 있는 거니까 긴장 늦추지 말고."

이부의 당부가 머릿속을 맴돌았다. 이부의 예상은 맞아떨어지는 경우가 많았기 때문에 무오는 괜히 걱정이 되었다. 오늘 당장 그 일이 일어난다는 건 전혀 반갑지 않은 소식이다. 도트가 폭발하는 것을 보고 싶지는 않다. 반점의 말대로 누구라도 도망칠 수밖에 없는 상황이었다면, 도트는 얼마간 고민하고 괴로워하다가 다시 제자리로 돌아와야만 한다. 돌아와서 다시 싸워야 한다. 무오는 주문을 걸듯 앞 차 운전석에 앉아 핸들을 쥐고 있는 도트의 뒤통수를 바라보며 중얼거렸다. 그가 지금이라도 차를 돌리고 노조 사무실로 돌아갔으면 싶었다.

하지만 도트는 단지 입구를 지나쳐 대로를 탔다. 그리고 '두해 공업단지'라고 쓰인 팻말의 화살표를 따라 계속 서쪽으로 직진했다. 모리 자동차 공장에서 서쪽으로 이천 킬로미터 정도 떨어진 공업단지는 원래 대규모 폐기물 처리장이었는데, 작년 여름 주식회사 두해의 반도체 공장이 이전한 후로 주변 지역 상권이 개발되면서 사람들이 모여살기 시작한 신주거지역이었다.

그곳에 이자희의 아내인 임우경의 친정 부모가 살고 있다. 현재는 임우경이 두 아이를 데리고 와 지내는 중이다. 둘은 공장 진압 이후 급격히 사이가 멀어져 별거 중이고, 임우경 쪽에서 이혼을 요구해서 지금 수속을 진행 중이었다. 임우경은 이

자희가 모리 자동차에 입사하기 전, 용접일을 하던 공장에서 만난 동료 사이였고 최근까지 모리 자동차 해고자 가족협의회를 이끌며 제법 열성적으로 이자희의 활동을 지지했다. 문제는 집회에 데리고 나갔던 딸이 심리적인 충격을 받고 병원 치료를 받게 되면서부터였다. 다툼이 잦아졌고 몇 달간 별거 기간을 가진 뒤 결국 이혼과 함께 협회장 자리를 내놓고 두 딸을 데리고 부모님 댁으로 들어간 게 지난달의 일이다.

도트는 단지의 서쪽 끄트머리에 있는 신축 아파트 건물 앞에 코란도를 주차하고 아파트 입구 놀이터에서 전화를 걸었다. 우경이 전화를 받지 않는지 두 번이나 다시 걸었다. 통화는 세 번째에 연결되었고 이제 도착했다는 얘기만 전한 뒤 끊었다. 도트는 초조한 듯 담배를 두 대나 피웠다. 그리고 골똘히 뭔가를 고민하는 얼굴로 단지 건너편 상가의 일 층 호프집으로 들어갔다.

도트의 뒤를 쫓아 술집 문을 열고 들어가는 무오의 발걸음이 원치 않는 곳에 끌려가는 사람처럼 조금씩 느려졌다. 전에는 이처럼 도트와 가까운 거리에 있었던 적은 없었는데, 그의 뒷모습은 고작 피로한 사십대, 무기력하고 평범한 사십대에 불과했다. 무오는 당황했다. 도트는 너무 많은 생각에 짓눌려 보였고 스스로 거기서 빠져나올 수 없을 것처럼 나약해 보였다. 시위 때 보았던 당당함과 과감한 모습을 거의 찾아볼 수 없었다.

아무도 그가 몇만의 해고자를 이끌며 지휘한 자라고는 상상하지 못할 것이다. 이부의 예상대로, 무오가 포착해야 할 상황이 정말 오늘 발생할지도 몰랐다.

이십여 분쯤 후 도트를 만나기 위해 술집에 나타난 임우경은 몸집이 자그마하고 어딘가 앙칼진 데가 있어 보이는 간소한 차림의 여자였다. 여자는 백오십이 조금 넘는 아담한 키에 파마한 지 얼마 되지 않아 곱슬거리는 머리카락을 한데 모아 묶고 있었다. 눈에 띄는 미인은 아니지만 오똑한 콧날에 눈빛이 명료하고 영리해 보이는 얼굴이다. 무릎까지 내려오는 검정색 모직 코트 안에 니트 원피스를 입고 있었는데 집에 있다가 막 나온 차림새치고는 격식을 차린 옷차림이었다. 여자는 목재 흉내를 낸 철문을 천천히 밀고 들어오더니 주위를 둘러보지도 않고 대번에 자리를 찾아와 도트의 맞은편에 앉았다.

여자 쪽에서는 오늘 아이의 학교에 다녀왔다고 말했고—아마 학교에 찾아간 옷차림 그대로인 듯했다—아이에게 뭔가 문제가 생긴 것 같았다. 그게 도트가 벌이고 있는 싸움과 무관하지 않다는 것, 그래서 여자는 남편이 당분간 아이들을 만나는 것을 원치 않는다는 사실 정도를 대강 알 수 있었다. 여자는 꼼짝도 않고 앉아서 맥주잔에는 입도 대지 않았다. 지갑조차 내려놓지 않고 손에 쥐고 있었다. 조도가 낮은 노란 조명 때문에 여자의 얼굴에 얼룩덜룩 그림자가 떨어졌다. 표정을 바꿀 때마다 그림자의 위치가 조금씩 달라졌다. 그림자의 위치가 달라져서 표정이 달라 보이는 것일 수도 있었다. 어쨌건 도트가 술잔을 비우면 여자는 그걸 지켜보고 있다가 오백을 한 잔씩 주문하고, 마치 그게 자기가 남편에게 해줄 수 있는 일의 전부라는 듯 냉담한 얼굴이었다.

잠자코 말이 없던 여자가 입을 열었다.

"너 여기서 정말 그만둬라. 그만하는 게 낫겠네."

도트가 고개를 들어 여자의 얼굴을 쳐다봤다. 여자는 지금 니 얼굴이 그만두고 싶은 얼굴 같아서 물어본 거다, 그 말에 흔들릴 얼굴 같아서, 라고 했다. 사실 지난주에는 형한테서도 전화가 오고 노조 사무실에서도 전화가 왔다, 다들 네 걱정을 하더라, 라고 말하더니 입을 다물었다.

여자는 고개를 떨어뜨리고 테이블 모서리에 시선을 고정시킨 채 입을 꼭 다물고 있다가 다시 입을 열었다.

"그만두면 살 것 같아서?"

여자가 도트를 물끄러미 바라보더니 말을 이었다.

"그 반대야. 너 그만두면 죽어. 내가 이제 그만두라고, 여기까진 거 같다고, 그럴 깜냥이 안 되는 것 같다고, 계속 싸울 거면 갈라서자고 했을 때도 넌 끝까지 싸우겠다고 했잖아. 니가 뱉은 말 때문에라도 같이하는 사람들 보면 못 그만둔다고. 애들 치료받는 것도 나랑 헤어지는 것도 다 감수했잖아. 니가 가진 거 다 걸었는데 그 싸움 그만두고도 괜찮을 것 같아? 그만두면 살 것 같지? 아니, 너 지금 싸우니까 살아 있는 거야. 그러니까 더 싸워. 계속 싸워. 나 그때도 그렇고 지금도 너 이해 못하지만 니가 끝까지 싸워서 이 싸움 이기면 그땐 너 이해할게. 그래서 니가 나도 포기하고 애들도 포기했구나, 이렇게 이기려고. 그래서 그랬구나 싶을 거 같애. 근데 너 여기서 그만두면 내가 너무 억울하잖아. 어차피 끝까지 가지도 못하고 그만둘 싸움 때문에 헤어졌다고 생각하면 내가 너무 억울해서. 그러니까 너 그만두지 마. 끝까지 싸워."

여자가 또박또박 정확한 발음으로 도트를 노려보며 말했다. 여자의 말이 끝나자 도트가 고개를 떨어뜨렸다.

"그래, 알았다. 끝까지 싸울게."

여자가 고개를 끄덕였다. 두 눈은 여전히 도트를 노려보고 있었다.

"안 그만둬."

도트가 다짐하듯 다시 중얼거렸다.

"나 여기서 못 그만둬."

도트가 자신 없는 목소리로 웅얼거렸다.

도트를 지켜보는 무오의 낯빛이 어두워졌다. 반드시 이긴다. 트럭 위에서 그가 냉랭하고 기운찬 목소리로 외쳤던 구호였다. 반드시 이긴다. 무오는 그 말이 마음에 들었다. 반드시 이긴다.

도트가 먼저 외치고 무오가 주위 사람들의 눈을 의식해서 어쩔 수 없이 따라 외친 구호였다. 반드시 이긴다. 그렇게 말을 할 때 도트는 정말 이길 수 있는지에 대해서 한 치의 의심도 없어 보였다. 그 반대의 경우는 있을 수 없다는 확신이 있었다. 앰프에서 나온 문장이 도로 위의 하늘을 메웠을 때 무오는 울컥했다. 한 번도 그런 생각을 한 적이 없었다. 그래서 모든 일에 심드렁한 채 그저 입에 들어가는 것에만 관심을 보이며 게으르고 무심한 눈을 하고 있었던 것이다.

반드시 이긴다는 도트의 말이 무오의 눈을 뜨게 했다. 하지만 그 말을 했던 입으로 지금 도트는 끝까지 싸운다는 말을 너무나 자신 없게 내뱉고 있었다.

여자는 도트가 술잔을 비우는 걸 보더니 한 잔을 더 주문하고 자리에서 일어났다. 출입문을 밀고 나가는 여자의 뒷모습을 지켜보며 도트는 맥주잔만 비웠다. 그 모습이 너무 밉고 보기 싫어서 무오는 잠깐 바깥바람이라도 쐬려고 밖으로 나갔다.

출입구 계단에 누군가 앉아 있었다. 미련 없이 자리에서 일어선 여자가 아직도 문간에서 떠나지 못하고 쪼그리고 앉아 있었다. 가뜩이나 작은 체구인데 웅크리고 있으니까 더 작아 보였다. 앉아 있는 뒷모습이 날개를 모은 작은 참새 같았다. 자세히 보니 등이 조금씩 움찔거린다, 좁은 어깨도 들썩인다. 무오가 계단을 내려가지도 못하고 도로 들어가지도 못하고 우물쭈

물하는 사이 여자가 인기척을 느꼈는지 뒤를 홱 돌아봤다.

눈빛은 또렷했고 마주 보기 쉽지 않을 만큼 날카로웠다. 눈물 때문에 화장이 다 지워져서 눈가가 거무스름했다. 희멀건 피부에 눈가와 입가 주위만 꺼멓게 타들어가고 있었다. 여자는 무오를 노려보면서 자리에서 발딱 일어나더니 계단참에 떨어진 지갑을 주워들고 종종걸음을 걸었다.

여자가 단지 입구로 들어가 보이지 않게 된 뒤에도 짓무른 눈가가 머릿속에서 지워지지 않아서 무오는 발이 떨어지지 않았다. 누군가와 헤어지고 나서 그 사람의 얼굴이 떠오른 것이 처음이었다. 무오는 그 누구에게도 관심을 가져본 일이 없었다. 사춘기를 겪지 않았고 남들은 다 겪는 흔한 첫사랑 같은 것도 없었다. 물론 많은 사람들을 만났고 그들과 원만한 관계를 맺어왔다. 아무와도 싸워본 적도 없었다. 하지만 갈등의 지점을 현명하게 넘어선 것이 아니라 누구와도 갈등을 만든 일이 없었기 때문에, 즉 싸울 일이 없었기로 인해 그동안 아무런 문제가 없었던 것으로 보였을 뿐이다. 누군가로 인해 괴로워해본 일이 없었고, 누군가에게 괴로움을 준 일도 없었다. 지금 단지 안으로 사라진 저 여자, 도청장치에 녹음된 저음의 목소리로만 듣다가 오늘 처음 얼굴을 보게 된 저 여자의 검게 짓무른 눈덩이가 무오의 마음을 몹시 괴롭혔다. 그리고 무엇보다 도트. 누군가를 이렇게 유심히 지켜보고 그의 행동 때문에 부풀어올랐다가 마음을 졸이고 또 이렇게 실망해본 일이 전에는 없었다.

처음으로 이 일을 시작한 것이 후회가 되었다.

이부는 왜 무오를 이 일에 끌어들였을까. 그리고 그는 어떤 인간인가. 무오는 질문에 쉽게 대답할 수 없었다.

그렇다면 자기 자신은 어떤 사람인가. 무오는 이 질문에 대해서도 쉽게 대답할 수 없었다. 다른 사람에게 관심이 없었던 만큼이나, 자기 자신에 대해서도 생각해본 일이 없었다. 만약 이부의 말대로 머리가 나쁘든가 더럽게 이기적이거나 둘 중 하나라면, 어쩌면 머리가 나쁜 쪽일지도 모르겠다고 중얼거릴 뿐이었다.

다시 술집에 들어갔을 때는 도트의 자리가 비어 있었다. 도트를 놓친 줄 알고 당황하는 순간 로비 안쪽의 단체석 테이블에서 도트의 목소리가 들렸다.

"취소하십시오."

도트는 테이블 앞에 서서 양 주먹을 쥐고 있었다. 술기운 때문에 몸을 비틀거렸지만 목소리에는 흔들림이 없었다.

"저 사람 대체 왜 이러는 거야? 뭘 취소하라는 건데?"

땅딸막하고 턱수염을 기른 남자가 옆에 앉아 있는 얼굴이 노란 사람에게 정말 궁금하다는 듯이 물었다.

"몰라. 기억 안 나."

노란 얼굴이 턱수염의 빈 잔에 맥주를 따르며 무심하게 고개를 저었다.

"그럼 얼른 취소해버리고 말아."

턱수염이 맥주를 마시다가 잔을 내려놓았다.

"저기요. 여기 이놈이 취소한답니다. 취소한대요. 이제 됐죠?"

턱수염이 고개를 살짝 쳐들고 도트를 바라보며 얼버무리더니 술잔을 비웠다. 턱수염이 다시 노란 얼굴의 술잔을 채웠다. 도트는 여전히 움직이지 않고 있었다.

"저 사람 안 가잖아. 그냥 취소해."

턱수염이 노란 얼굴의 어깨를 흔들었다. 노란 얼굴이 신경질적인 표정으로 도트를 쏘아봤다.

그때 근처 마트에 안주를 사러 갔던 술집 주인이 돌아오면서 실랑이는 마무리되었다. 노란 얼굴의 무리는 아마 사장과 전부터 아는 사이였던 모양으로, 사장의 얼굴에는 어디서 나타났는지 모르는 외지인 때문에 일이 번거롭게 되었다는 귀찮은 기색이 엿보였다. 도트는 불청객이었다. 사장은 도트를 제 테이블로 끌어온 뒤 귀에 대고 귓속말을 했다. 넌지시 퇴장을 권유하는 듯 보였다. 도트는 외투를 들고 바로 술집을 나섰다. 사장은 여유롭게 카운터로 돌아가 음악을 바꾸어 틀고, 노란 얼굴의 무리는 다시 왁자지껄하게 떠들며 술을 마시기 시작했다.

도트가 느린 걸음으로 주차장으로 향했다. 허수아비같이 속이 빈 것 같았다. 신고 있는 구두가 그의 몸을 이끄는 듯 발이 먼저 나가면 몸은 그 힘에 그저 이끌려가고 있었다. 그가 고통스럽지 않을 거라고 생각한 적은 없었다. 하지만 무오가 상상한 울분이나 슬픔은 이렇게 술집에서 골칫거리 취급이나 당하며 쫓겨나는 시시한 종류의 것이 아니었다. 그의 슬픔은 좀 더 고결한 것이고 그의 고통은 좀 더 진지하고 깊이가 있는 것이어야 했다.

건널목을 건너고 나자 비까지 내리기 시작했다. 어깨가 축축이 젖고 머리카락에서 떨어진 빗방울이 이마 위로 떨어져 주르륵 흘러내렸다. 하지만 비 같은 건 신경도 쓰이지 않았다. 무오는 입을 꾹 다물고 묵묵히 도트의 뒤를 따라 걸었다.

무오의 마음속에는 정확한 이유를 찾지 못한 분노가 꿈틀거렸다. 실은 도트에게 배신이라도 당한 마음이 들었다. 그런 감정을 느껴도 되는지 모르겠지만 시위대에서 자기를 사로잡은 그자가 정말 이 사람이 맞다면, 도트는 무오가 느끼는 이 배신감에 대해 책임이 있었다. 도트는 무오에게 가르쳐준 것을 정확하게 도로 빼앗아간 것이다. 부당함을 말하고 권리를 찾으라고 알려준 뒤, 그랬을 때 어떤 결과가 찾아오는지를 보여줬다.

코란도는 골목을 빠져나와 다시 아파트 단지를 향해 방향을 틀었다. 무오는 이 미터 정도의 여유를 두고 뒤를 쫓았다. 코란도는 아파트 단지를 향해 동쪽으로 직진하다가 다시 서쪽으로 유턴해서 가던 길을 되돌아갔다. 갓길에 멈춰 서서 한동안 서 있다가 이번에는 다시 북쪽을 향해 달렸다. 특별히 염두에 둔 종착지도 없이 내키는 대로 운전대를 돌리는 것 같았다. 전송기의 위성사진에 찍힌 점들이 제멋대로 흩어졌다.

발판 위에 삐딱하게 발을 세운 채로 한참 동안 도트의 뒤통수를 노려보았다. 무오는 오늘 본 도트의 모습은 도트의 진짜 모습이 아니다, 그럴 리 없다고 생각했다. 무오는 시위가 있었던 역광장에서 도트가 처음 나타났을 때 벅찬 마음이 되었고 그가 외칠 때 무오의 속이 시원하게 트이는 것 같았으며 자신은 시위대의 훼방꾼일지언정 그 사실과 별개로 그들이 싸움에서 이기기를 자기도 모르는 사이에 응원하고 있었던 것이다. 대열을 이끌던 그 단호한 목소리, 냉정하게 상황을 파악하고 열정으로 사람들의 마음을 파고들었던 그날의 연설, 귀를 윙윙 울리던 칼바람을 뚫고 퍼지던 노랫소리. 눈가에 이글거리던 분노, 이것이 진짜 도트의 모습이 아니었나.

그가 이토록 초라한 모습으로 나타날 줄은 생각도 하지 못했다. 나약하고 초라한 이자는 도트가 아니다. 무오를 반하게 했던 이자희가 아니다. 이 모습은 사라져야 할, 지워져야 할 모습이다.

무오의 호흡이 조금씩 거칠어졌다.

배 속에서 울분이 치밀어올랐다.

대체 그에게 무얼 바랐나. 대단한 것을 바란 것은 아니었다. 다만 그가 좀 더 멋있는 사람이기를 바랐다. 그가 어떤 사람이라고 생각했나. 만화영화에 나오는 힘이 센 장수 캐릭터 같은 걸 상상했었나. 힘을 쓰고 또 써도 언제나 싸움에서 가뿐히 이기고 집에 돌아와서는 여유 있는 웃음을 지으며 허리가 가는 여자의 볼에 낭만적인 키스를 퍼붓는 그런 싸움꾼이길 바랐을까. 아니면 영화에 나오는 히어로 같은 것? 무오는 헛웃음을 지었다. 그에게는 타고난 괴력도 연마한 무술 실력도 어깨와 허벅지에 비정상적으로 달라붙은 근육도 없고 단단한 육체의 아름다움을 과감하게 드러내줄 색색깔 화려한 코스튬도 없는데. 그래, 그것도 아니라면 적어도 궁지에 몰렸을 때는 지혜를 발휘해 현명히 상황을 헤쳐나가는 지략가라도 될 줄 알았다.

가진 거라고는 작업 중에 입은 화상과 난생처음 받아보는 해고증명서와 발음이 정확히 들리지 않는 플라스틱 확성기와 낡은 중고 트럭, 칙칙한 색깔의 모직 점퍼와 싼값에 인쇄한 붉은 수건. 그리고 검게 타들어가는 입으로 자기가 억울하니까 계속 싸우라고 마음에 없는 말을 하고 뒤에서 몰래 우는 마누라뿐인.

그런 당신이 어쩌자고 이런 싸움에 뛰어들었나.

흐트러지는 마음을 어떻게 해야 할지 몰랐다. 치밀어오르는 울분을 어떻게든지 해소하고자 하는 충동이었는지 깜냥이 되지 않는다면 이제 그만두라는 협박이었는지, 너무나 쉽게 초라함을 들켜버린 도트에 대한 배신감 때문이었는지 그저 자기 자신에 대한 혼란스러운 감정을 도트에게 뒤집어씌운 건지조차도 구분할 수 없었다. 하지만 이름 붙이기 어려운 그 감정이 가슴 한복판에서 뜨겁게 날뛰었다. 가만히 있을 수 없었다.

붉은 신호에 걸려 건널목 앞에 섰을 때 무오는 코란도를 받아버려야겠다고 생각했다. 뒤쫓던 차를 받는 건 처음 있는 일이 아니었고, 이부는 오늘 그런 지시를 내리지 않았다. 하지만 무오는 지금이 바로 저 차를 들이받아야 할 순간이라고 느꼈다. 주위를 둘러봤다. CCTV는 설치되어 있지 않았고, 오가는 사람도 없었다. 무오는 코란도와의 거리를 눈어림으로 살핀 뒤 액셀러레이터에 발을 올렸다.

신호에 걸려 서 있는 도트의 차, 눈앞에 멈춰 선 시커먼 물체, 그걸 뭉그러뜨리는 것이 자신의 임무라고 생각하기로 했다.

목표가 있다는 건 좋은 거였다.

그리고 그 목표가 아주 단순하다는 것도 마음에 들었다.

무오는 액셀러레이터 위에 발을 올렸다. 가슴이 쿵쿵 뛰었다. 창문을 내렸다. 찬바람이 이마를 때리니까 기분이 좀 나아지는 것 같았다. 그런가. 정말 그런가. 아니다. 반대로 기분이 더 나빠지는 것도 같았다. 속이 울렁거린다. 토할 것 같다. 아까 술집에서 콜라를 너무 많이 마셨나보다. 아니면 그 술집의 공기 탓인지도 모른다. 낄낄거리던 작자들의 웃음소리가 귀를 맴돌았다. 노란 얼굴의 노란 피부도 생각났다. 그는 술에 취해 받침을 흘려 발음하면서 연거푸 술을 마시면서 점점 더 얼굴이 노래졌다. 그들은 끝도 없이 떠들고 깔깔대고 시시덕거렸다. 시끄러운 건 정말 질색이다. 그런가. 정말 그런가. 아니. 그저 기분이 나빴기 때문에 곤두서 있었는지도 몰랐다. 머리가 아프다. 오늘은 다른 사람들에 대해서 너무 많은 걸 생각했다. 임우경의 검은 눈두덩이, 이자희의 허약한 뒷모습, 그리고 이부. 이부가 한 많은 말들. 아니, 그게 그들에 대한 생각이었다. 무오 자신에 대한 생각이었다. 그런가. 정말 그런가. 아니. 아니다. 잘 알 수 없다. 모르겠다. 무엇 하나 확신할 수 있는 게 없다. 정확하게 알 수 있는 거라고는 핸들을 쥔 손이 아까부터 내내 덜덜 떨리고 있다는 것뿐이다.

액셀러레이터를 밟으며 도트가 탄 코란도의 뒷범퍼를 있는 힘껏 들이받았다. 표적을 찾지 못한 들끓는 마음이 대상을 찾는 순간이었다. 가슴 한복판에 맺힌 무언가가 한순간 온몸으로 퍼지며 긴장이 풀어졌다. 충돌음이 귀를 파고들며 차체가 흔들리자 어깨와 허리, 팔 끝, 뒷목과 머리, 온몸의 내장기관으로 전해지는 진동과 고통 속에서 무오는 차라리 마음이 편했다. 머릿속을 떠돌며 괴롭히던 온갖 이미지와 문장들이 일제히 사라졌다.

그를 들이받고 싶었다.

몹시도 그를 들이받고 싶었다.

들이받았다.

있는 힘껏 들이받았다.

덜컹, 하는 소리와 함께 다른 리듬과 다른 속도로 시간이 흘러갔다. 무오의 몸이 앞쪽으로 튕겨져나갔다가 다시 시트 위에 던져졌다. 머리가 얼얼했다. 생각보다 강도가 셌다.

코란도가 웅덩이를 지나 고인 빗물을 튀기며 앞쪽으로 미끄러져나갔다.

도트의 상체가 마네킹이 넘어지듯 핸들 위로 쓰러졌다.

7
실수입니다

이부는 무오가 들어온 걸 뻔히 알면서 본체만체 TV 화면만 노려보았다. TV에서는 무오가 도트를 들이받은 사건이 방송되고 있었다. 모리자동차 사태와 관련한 용역들의 폭력실태를 고발하는 프로그램이었다. 캡처한 CCTV 화면을 확대하자 무오가 탄 엑센트의 번호판이 그대로 드러났다. 이부는 다리를 꼬고 소파에 앉아 리모컨을 오른손에 쥐었다가 다시 왼손에 바꿔 들었다가 테이블 위에 던졌다. 담배는 피우지 않으면서 입에 물고만 있었다. 무오는 이부의 책상 서랍을 뒤져 라이터를 가져다가 테이블 위에 올려놓았다. 이부는 라이터를 흘끗 쳐다보더니 물고 있던 담배마저 내려놓고 TV 화면으로 다시 눈을 돌렸다.

무오는 사무실에 더 있기가 머쓱해져서 복도로 나왔다. 창밖에는 지난밤부터 쌓인 눈이 질척하게 녹아내리고 있었다. 차들이 속력을 내어 도로를 지날 때마다 멀건 쌀죽 같은 흰 눈이 보도 위로 튀어올랐다. 앵커의 목소리가 복도까지 선명하게 들렸다.

방송에서는 지난여름 이후 모리자동차의 해고농성에 참여한 노동자들 열댓 명이 모두 비슷한 접촉사고를 경험했으며 그들이 탄 차를 받은 것이 모두 같은 차량 소유주의 소행임이 밝혀졌다고 보도했다. 현재 차량의 주인을 추적 중인데, 최근에 공장 인근의 폐차장에서 폐차된 차량으로 밝혀졌다. 접수 기록을 찾아보았으나 차량 소유주의 이름은 가명이고 도용된 주민등록번호를 사용했으며 서류에 기록된 주소지와 전화번호 역시 모두 가짜인 걸로 판명되었다. 범인이 신분을 숨기기 위해 철저하게 위장한 것이 분명한데 의문점은 다른 접촉사고가 상대를 위협하기 위한 미미한 수준에 그친 반면 이번 사건만은 피해 당사자에게 직접적인 위해를 가하고자 했던 것으로 예상된다고 했다. 앵커는 경찰은 그것이 이번 도주사건의 열쇠가 될 수 있는 지점이라고 판단하고 수사를 계속하고 있다고 발표했다.

그날 도트의 차를 받고 이부에게 전화를 했을 때 이부는 무오에게 아무것도 묻지 않았다. 코란도를 받아버렸다고, 숨을 헐떡이며 더듬거리자 이부는 무오에게 지금 당장 모든 걸 설명할 필요는 없다고 말했다.

"오늘 죽을 거 아닌데 내일 할 일도 남겨둬야 되지 않겠어?"

무오 쪽에서 아무 반응이 없자 이부는 낮은 목소리로 어느 정도 큰 사고냐고만 물었다.

그 질문에도 역시 대답을 할 수가 없었다. 이부는 잠시 침묵하더니 일단 산중턱에 차를 두고 몸을 숨기고 있으면 자기가 알아서 처리하겠다고 했다. 이부는 차를 버릴 장소를 표시해서 전송기로 지도를 보내줬다. 무오는 이부가 시키는 대로 차를 산에 버리고 키를 땅에 묻었다.

연락을 받고 사무실에 돌아갔을 때 이부는 여전히 TV 화면에 시선을 두고 있었다. 화면은 꺼져 있었고 이부가 응시하고 있는 것은 텅 빈 브라운관이었다.

"이리 앉아봐."

무오는 다시 밖으로 나가려다 어쩡쩡한 자세로 멈춰 섰다.

"죄송합니다."

자기도 모르게 튀어나온 말이었다. 이부가 껄껄 웃었다. 그런 웃음소리 또한 전에는 들어보지 못한 것으로 무오는 낯선 분위기에 어깨가 굳을 지경이었다. 이부가 무오를 빤히 쳐다보았다. 화를 내면 차라리 마음이 편해질 것 같은데 아무 반응이 없으니 그게 더 사람을 못 견디게 했다. 흥미로운 것을 발견한 듯 반짝이는 이부의 눈은 호랑이 같기도 하고 곰 같기도 했다.

"아무도 안 보는 채널이야. 신경쓸 거 없다. 저걸 만든 사람들도 보는 사람들도 죄다 노조 지지자들이지. 아무 영향도 없을 거야. 죄송할 거 없다. 위기는 기회라고 했잖냐. 맞은 만큼 돌려주면 되지 않겠어? 우리도 비슷한 방법으로 받은 걸 돌려주면 된단 말이지. 바다가 펼쳐지면 배 타야지, 별 도리 있겠어?"

이부가 담배를 물었다. 무오가 라이터를 갖다댔다. 무오는 라이터를 들고 이부를 향해 불쑥 내민 자신의 손을 남의 것 보듯 물끄러미 바라봤다. 담배에 불을 붙여주겠다는 생각을 할 새도 없이 손이 먼저 나갔다. 이부도 이번에는 거절하지 않고 담배에 불을 붙이더니 담뱃갑에서 담배 한 개비를 꺼내 무오에게 건넸다. 무오가 멈칫하자 이부는 대단한 아량이라도 베풀 듯 너그러운 미소를 지어 보였다.

"너 요즘 담배 배운 것 같던데."

이부가 불까지 붙여주는 바람에 무오는 엉겁결에 이부와 맞담배를 피웠다. 반점 생각이 났다. 사소한 일상사를 나눌 수 있는 누군가가 생긴 건 나쁘지 않은 일이었다. 이부를 따라 사무실 근처로 이사를 오고 난 뒤에는 사적이라고 할 만한 관계가 딱히 없었던 것이다. 워낙 사교성이 떨어지는 데다가 떳떳한 일을 하는 것도 아니니 주변 사람들을 사귀어 좋을 게 없다고 생각했다. 그러나 친구가 생겼다는 것, 혼자 껌을 씹는 대신 친구와 담배를 피우는 것, 심심할 때 심심하다고 말하고 우스꽝스런 모양의 이미지를 주고받으며 킬킬대는 것은 무오에게 새로운 경험이었다.

이렇게 담배를 피우고 있으니 불을 붙여주던 반점의 손이 생각났다. 허옇게 튼 손등에 여자처럼 손톱을 길게 기르고 있었다. 흥분하면 어깨가 들썩거렸고 곤란할 때 코를 찡그리는 버릇이 있었고 배를 만지는 습관이 있었고, 웃음이 많았다. 대수롭지 않은 얘기를 해도 배를 쥐고 큰 소리로 웃어댔다.

이부가 무오를 힐끗 보더니 다시 TV를 틀었다. 도트의 병실. 수술을 마치고 육 인실의 입원실 한구석에 놓여 있는 침대를 차지하고 누운 도트는 천장을 바라보고 있었다. 온몸에 깁스를 하고 누운 채 겨우 말을 잇고 있었다. 기자의 질문에 느리게 대답을 할 수 있는 정도는 되었지만 퉁퉁 부은 입술을 움직이기에 힘들어 보였다. 그는 연신 미안하다고 했다. 함께 싸우지 못하고 자기만 이렇게 누워 있는 게 미안하다는 것이었다. 말을 더듬었고 내용에는 다소 두서가 없었다. 화면이 바뀌며 하얀 가운을 입은 의사가 외상후 스트레스 장애에 대한 설명을 시작했다.

"병명 갖다붙이는 덴 선수라니까. 우울한 사람한테 우울증이라고 누가 말을 못해?"

이부는 계속 떠들어댔지만 이부의 얘기는 무오의 귀에 들어오지 않았다. 벙긋거리는 이부의 입. 팔짱을 꼈다가 푼 뒤 턱 밑을 긁적이는 이부의 손. 나날이 부풀어오르는 이부의 이마, 뒤쪽으로 살짝 젖혀진 어깨. 그 당당한 기세가 어쩐지 꼴도 보기 싫었다.

무오는 언젠가 한강 고수부지에서, 정말 어떤 일을 하는 데 이유가 필요하냐는 이부의 질문을 똑똑하게 기억하고 있었다. 무오는 그 질문에 대답하는 대신 사람이 이유가 없어도 어떤 일을 할 수 있다는 것을 배웠다. 정말 이유가 필요하냐? 무오는 그 말이 마음에 들었다. 이부처럼 말을 잘하고 싶었다. 이유 같은 것이 없어도 뭔가 할 수 있다는 식의 그럴듯한 말들을 흘리며 세상을 비웃어보고도 싶었다. 어떤 일에든 감정적으로 반응하지 않고 한 발 떨어져서 팔짱 끼고 보는 듯한 태도도 부러웠다. 이부의 그런 모습이 그 순간 무오에게는 자신감 같은 것으로 보였던 것이다.

하지만 지금 이부의 모습은 어떤가. 그것이 자신감인가. 그것이 자신감이라면 껍데기뿐인 자신감이었고 그럴듯한 말들은 그저 그럴듯할 뿐, 존경할 구석이라고는 찾아볼 수 없었다.

"근데 그 전에 나 너한테 뭐 하나 물어볼 게 있다."

"뭐요?"

이부가 TV를 끄더니 입을 쩍 벌리고 턱 근육을 풀었다.

"니가 전에는 한 번도 그런 적이 없었잖냐. 내가 그 뒷수습한

게 문제가 아니라, 무오 니가 왜 그랬는지가 궁금한 거야. 아주 순수하게. 인간적인 이유로. 난 그게 궁금하다. 너 대체 왜 그런 거야?"

이부는 아주를 발음할 때 입을 또다시 크게 벌렸다. 무오가 고개를 숙였다.

"죄송합니다."

이부가 소파에 등을 기댔다. 여유를 부리며 긴장을 푸는 것처럼 보였지만 눈빛만은 날카로웠다.

"실수라고?"

어린애를 달래듯 이부의 말투가 나긋나긋해졌다. 무오가 천천히 고개를 끄덕였다. 이부는 고개를 오른쪽으로 기울이고 피식 웃었다.

"실수라."

이부가 다시 무오를 향해 얼굴을 가까이 가져갔다.

"왜? 자희가 밉데? 따라다니다보니까 슬슬 짜증이 나? 그래서 홧김에 확 받아버린 거야?"

"아닙니다."

이부의 시선을 더 견디지 못한 무오가 고개를 돌렸다.

문가에 걸린 거울에 얼굴이 비쳤다. 무표정한 얼굴에, 눈빛은 언제나처럼 초점이 흐렸다. 아무 생각도 하지 않는 것처럼 보이고, 진심을 물어보면 언제나 딴소리다. 남에게 털어놓을 내면 같은 건 애초에 없다는 듯 가벼운 걸음걸이, 좀처럼 두 어절을 넘지 않는 단답형의 답변. 그게 자신이 생각하는 자신의 모습이었다. 이부는 자기에게 뭘 바라는 걸까?

무오가 겨우 입을 열었다.

"실습니다."

이부가 코웃음을 치더니 요놈 봐라, 하는 눈빛으로 무오를 노려본다. 무오가 목을 꺾어 고개를 더 숙였다.

"그래, 좋다."

이부의 눈빛이 서서히 누그러지며 온기를 되찾았다.

"난 이래서 니가 맘에 든다. 나 다시 이 일에 대해서 안 물을게."

무오가 유리창을 통해 비친 이부의 옆모습을 물끄러미 바라봤다. 유리에 비친 이부가 무오를 바라보고 있다. 무오를 바라보는 이부의 눈빛은 애매하다. 바라보는 눈빛이 따뜻한 것 같기도 하고 전혀 모르는 사람을 보는 것 같기도 하고 포기한 사람을 보는 것 같기도 하다. 입가에는 미소를 짓고 있지만 거기에는 어떤 정서나 의미가 담겨져 있지 않다. 그저 긴장을 풀기 위해 근육을 움직이고 있는 것이다.

"다시는 이러기 없기다. 착각하지 마. 너 지금 이자희랑 연애하는 거 아니다. 이자희는 도트고, 너는 일을 하고 있는 거야. 섣불리 값싼 감정 섞지 말라는 뜻이야."

값싼, 이라는 말에 무오의 가슴이 울렁거렸다. 그날 밤이 떠오른다. 핸들을 쥐고 있던 떨리는 손, 쿵쿵거리던 심장, 발끝까지 전해지던 뜨거운 기운, 허깨비만 같았던 도트의 뒤통수, 핸들 위로 고꾸라지던 빳빳한 몸뚱이, 그 모든 것들이 한꺼번에 되살아난다.

정신을 잃을 정도로 온몸이 흔들리면서 순간 느꼈던 쾌감을 무오는 선명하게 기억해냈다. 마음속을 괴롭혔던 모든 일들이 한순간에 모두 증발해버리고 그저 온몸에 전해지는 충격만을 받아들이면 되었을 때, 무오는 고통스럽다기보다는 차라리 편안하다고 느꼈다.

심장이 쿵쿵 뛰었다.

다시 누군가를 받아버리고 싶었다.

그게 도트건 아니건 이제 상관없을 것 같았다.

그게 누구건.

그저 몸이 흔들리고 이 모든 것을 잊고 온몸을 뒤흔드는 고통 속에서 이 상황을 잊고 싶었다.

이부의 멱살을 잡고 싶다.

멱살을 잡고 정신을 못 차릴 때까지 흔들고 싶다.

하지만 그러는 대신 무오는 특유의 바보스러운 웃음을 흐흐, 웃으며 점퍼 주머니에 손을 집어넣고 주먹을 꽉 쥐었다.

"여기저기 전활 얼마나 넣었는지 목이 다 쉬었네."

이부가 두툼한 흰 봉투를 테이블 위에 올려놓았다.

"그냥 휴가라고 생각하고 푹 쉬면 되겠다. 날도 추운데 어디 햇볕 좋고 바람 좋은 따뜻한 나라로 가서 마음껏 놀다 와. 여자도 좀 만나보고."

이부는 자세한 설명은 하지 않았다. 무오가 입을 열기 전에 말을 막았다.

"그만두긴 왜 그만둬. 잠깐 쉬고 오면 다 해결되어 있을 텐데. 신경 꺼. 어차피 내가 할 일은 내가 하고, 네가 할 일은 네가 하는 거 아니겠냐."

8
노진으로 돌아가다

목에 수건을 걸친 인부 하나가 간식을 돌리기 시작했다. 과당이 잔뜩 들어간 가짜 오렌지 드링크와 크림빵이었다. 열한 시구나. 무오는 생각했다. 여덟 시에 집합하면 세 시간 동안 레일을 돌리다가 열한 시에 간식을 줬다. 빵을 한 입 물고 천장을 올려다보았다. 무오는 담배를 콘크리트 바닥에 던지고 돌아섰다. 인부들은 배정표를 받고 작업장 라인을 찾아 들어가는 중이었다. 무오도 배정표를 받아 작업장 안으로 이동했다. 몇몇이 담배를 피우고 있었고 그 와중에 식당 매점에서 컵라면을 급하게 해치우는 이들도 있었다. 반년 넘게 얼씬도 안 하다가 박스를 행낭 안으로 던지는데 어제도 이러고 있었던 것 같고 그제도 이러고 있었던 것 같다. 이부를 따라 여길 나갔던 일 년 전이었다. 그간의 일들이 빠르게 스쳐지나갔다. 노진의 공기, 냄새. 웃통을 벗어던진 사내들. 모두 익숙한 풍경이다. 쪽잠을 자는 게 낫냐, 담배를 한 대 피우는 게 낫냐는 걸로 누군가 논쟁을 벌이고 있었다. 더럽게 시끄럽네. 쓸 힘도 모자라는데 떠들 힘이 있으면 비축해두라고 누군가 말했다. 한마디 떠드는 데 한 상자 더 나를 수 있다고 핀잔을 줬다. 반년 전과 모든 것이 정확하게 똑같았다. 하나도 다르지 않았다.

"g12구역 들어갑니다."

운송 트럭이 들어왔다. 무오는 거대한 컨테이너 박스에 새겨진 회사의 영문 이름을 또 한동안 쳐다봤다. 비스듬히 세로로 누인 'Nojin Express'라는 글자가 무오의 인생에 찍힌 낙인처럼 느껴졌다. 체크남방이랑 무오는 212-g12 코너에 붙었다. 컨베이어벨트에서 상자들이 우르르 밀려들어왔다. 무오는 머리가 무거워지면서 가슴이 답답해오기 시작했다. 사무실에서 한을 다시 만났을 때도, 작업장 계단참에서 담배를 피울 때도 다시 돌아왔다는 실감은 나지 않았다. 라인 앞에 서서 먼지와 소음 앞에서도. 빵을 받았을 때도. 그런데 물밀 듯 밀려오는 박스를 보니 진짜 돌아왔구나, 여기가 노진이구나, 하는 생각이 들었다.

반사적으로 튀어나가 상자를 들었다. 들기만 해도 안에 뭐가 들었는지 팔십 프로는 맞힐 수 있었다. 무거운 것은 아래에 작은 상자는 위쪽으로. 무오는 구석 벽을 조금씩 메우기 시작했다. 체크남방은 제 딴에는 재빨리 움직인다고 하지만 손이 서툴렀다. 시작한 지 석 달? 잘 봐줘봤자 넉 달 정도 되었을 것이다. 체크남방의 몫까지 뛰려니 힘이 부쳤다. 반년간 일을 쉰 탓도 있을 것이다. 셔츠가 조금씩 젖기 시작했다. 근육이 점점 더 뜨거워지고 상자를 들고 나르는 속도도 점점 더 빨라졌다. 정신없이 들고 쌓고 내리고 하다 보니 트럭 하나를 금세 비웠다.

옷 위에 하얗게 소금꽃이 피었다. 체크남방의 등에도 땀이 마르면서 하얗게 들러붙은 무늬가 나타났다. 어릴 때 아버지 등에서 처음 그걸 봤다. 아버질 미워했는데 아버지 등에서 그걸 보고 난 뒤에는 그러질 못했다.

한이 작업장을 돌다가 무오를 불렀다. 어깨를 툭 치더니 담배를 꺼냈다.

“같이 한 대 피웁시다.”

“저 담배 안 피우는데요.”

“끊었어?”

“원래 안 피웠는데요.”

“왜 이래. 나도 바쁜 사람이야. 잠깐 얘기 좀 합시다.”

사람들에게 스스럼없이 대하는 것은 한의 장기였다. 친근한 척 굴어 경계심을 푼 뒤 멋대로 사람을 주물러댔다. 당분간은 이곳을 떠날 가능성이 없다 싶어 보이면 반말과 욕지거리를 섞었다. 그러다 그만둬야겠다는 말이 나올까 싶으면 또 갑자기 친절해졌다. 내가 저 새끼 때문에 그만두고 말겠다고 생각하다가도 한이 살살 녹는 말을 하면 어수룩한 이들은 내가 속 좁게 괜한 오해를 했나 싶어 스스로를 다독이고, 그런 일로 일을 그만두는 건 사치스러운 결정이었다고 여기며 일주일 이주일을 다시 버텨간다. 무오 역시 한과 그런 식의 실랑이를 벌이며 이 년 반을 이 바닥에서 굴렀다.

무오는 등이 빳빳이 굳은 채 한실장의 뒤를 따라 나갔다. 한실장이 담배를 빼어 물자 무오는 바닥에 떨어진 상자 뚜껑을 발로 짓이겼다.

"무오 너, 여기 계속 있을 생각 아니지? 바람 피우러 온 거지?"

한이 자기 말이 맞지 않냐는 듯 동의를 구하는 눈빛을 보냈다.

"바람을 피워요?"

"잠깐 일하다 관두는 거 아니야."

무오가 고개를 떨어뜨렸다.

"왜 왔냐?"

한이 동굴 앞에 선 소년처럼 의심과 호기심으로 가득찬 눈빛을 하고 무오의 대답을 기다렸다. 무오는 할 말이 없었다. 왜 왔냐고? 일을 하러 돌아왔다. 더 이상 이부와 일하고 싶지 않았다. 이부는 잠시 쉬라고 했지만 무오는 다시 돌아갈 생각이 없었다. 물론 처음부터 그랬던 것은 아니다. 이부의 말대로, 휴가를 가질 생각이었다. 바다에서 며칠 지내던 중 이부에게 안부 문자가 왔을 때 무오는 답문자를 보내지 않았다. 계속 그럴 생각은 아니었다. 그때 무오는 바다 앞에서 한 아이가 바다로 들어가며 아버지에게서 점점 더 멀어지는 것을 바라보고 있었는데, 아이의 뒤통수가 복숭아 씨앗만 하게 보일 때쯤 아버지의 표정이 달라졌다. 무오에게는 그가 숨을 돌리는 것으로, 편안해진 것으로, 심지어는 조금 즐거워진 것처럼 느껴졌다. 무오는 아버지에 대해서 생각하지 않을 수 없었다. 무오는 늘 자기가 아버지의 짐이라고 느꼈다. 아버지는 미남이었고 여자들에게 인기가 많았는데, 무오의 존재를 알게 되면 여자들의 태도가 돌연 달라졌던 것이다. 아버지가 여자들을 데리고 들어올 때면 무오는 친구네 집에서 자고 오겠다고 집을 나섰다. 그게 거짓말이라는 것을 세 사람 모두 알았지만 상황이 크게 달라지지는 않았다. 무오는 독서실의 좁은 책상에 웅크리고 잠을 잤다.

이부의 연락이 귀찮았을 뿐이었는데 그날 밤이 될 때까지도 다시 연락하고 싶다는 생각이 들지 않았다. 내일, 모레, 아니 그 다음날, 하는 식으로 미루다가 일주일이 지났다. 다시 전화가 왔는데 또 받지 않았다. 보름이 지났을 때 무오는 다시 돌아가지 않겠다고 생각했다. 돌아가지 않겠다고 생각해서 전화를 안 받은 것은 아니고, 전화를 안 받았고 난 다음에 돌아가기 싫어졌다.

갈 곳은 노진뿐이었다. 거기에 이유가 필요하다는 생각은 하지 못했다.

무오가 대답이 없자 한이 다시 물었다.

"그동안 뭐 하고 지냈어?"

무오는 어떻게 설명해야 할지 몰랐다. 이부의 말은 언제나 들을 땐 그럴싸했지만 지나고 난 뒤에 돌이켜보면 정리가 되지 않았다. 설명할 수 있다고 해도 한에게 털어놓을 이유가 없기도 했다.

"운전……이요."

"운전?"

한이 코웃음을 쳤다.

"운전이나 잘해보지 왜 돌아왔어?"

"……"

"사고라도 친 거야?"

무오가 고개를 저었다.

"반갑다. 어쨌든 돌아와서 반가워. 근데 무오야. 내가 너 믿으니까 하는 말인데……"

한이 망설였다.

"내가 너 알지. 너 마음 곧은 것도, 성실하고 일 잘하는 것도 내가 잘 알잖아. 그래도 네가 다시 돌아온 게 나는 어쩐지 기분이 딱히 좋지가 않아."

전혀 반갑지 않은 듯 굳은 얼굴로 한은 그런 얘기를 잘도 내뱉었다. 무오가 한을 빤히 쳐다봤다.

"얼마나 받았냐?"

"네?"

"거기서 운전하고 얼마나 받았냐고."

"……"

"여기서 일하면 얼마나 받냐."

인력 관리를 담당하고 있는 한이 그걸 몰라 물을 리 없었다. 무오는 대충 눈치를 챘다.

"상하차랑 분류, 배달까지 다 하고 새벽 두세 시에 마쳐봤자 일당 오만원이지?"

한은 거기까지 말하고 뜸을 들였다.

"전 이 일이 좋아요."

"누가 너한테 이 일 하지 말래?"

한이 피식 웃었다.

"이 일이 좋다고?"

한이 다시 웃었다. 그리고 잠시 생각에 잠겼다가 소파 팔걸이에 팔꿈치를 기대고 몸을 옆으로 기댔다.

"이 일이 왜 좋아? 뭐가 좋은데?"

무오는 대답을 하는 대신 고개를 숙였다.

"너 아까 그동안 뭐 했다고 했지?"

무오가 잠시 멈칫했다.

"운전요."

"뭘 운전했어?"

"차요."

"차?"

한이 고개를 저었다.

"네가 이부 따라 나간 건 너도 알고 나도 알고 다 아는 사실인데, 이제 와서 운전을 했다는 게 말이 되나."

한의 얼굴에 기분 나쁜 기색이 역력했다.

"이부라는 그치, 어떤 작자야?"

"……"

"보니까 이력서에 낸 경력이 다 가라더라고. 일하는 거 보면 우리도 알잖아. 이 바닥에 있던 사람이 아니야. 운풍 알지?"

운풍은 노진과 비슷한 규모의 운송업체로 이 지역에서는 두 회사를 손에 꼽았다.

"운풍 쪽 관리직에 있는 사람을 얼마 전에 만날 일이 있었는데, 그 친구 말로는 그쪽 운송팀에 이상한 치가 하나 얼씬거린 적이 있었다는데 내 생각엔 그치가 이부가 아닌가 싶어."

한이 꺼림칙하다는 얼굴로 뒷목을 쓸었다.

"그쪽에서도 제일 일 잘하고 성실한 애 하나를 데리고 나갔다는 거야."

무오는 얼굴이 붉어졌다. 이게 무슨 소린가 싶었다.

"기분이 확 이상해지더라고."

한의 호흡이 조금 빨라졌다. 한은 잠시 망설이는 듯 손바닥을 맞대어 비볐다.

"이부 따라 나간 그애가 소식이 감감이라는 거야. 그래서 너 돌아왔을 때 많이 반가웠다. 잘 살아 있는 걸 보니 쓸데없는 걱정했구나 싶어서. 근데 그냥 사람 느낌이라는 게 있잖아. 난 니가 여기 다시 돌아온 게 아닌 것 같아서."

"돌아온 겁니다."

그렇게 말했지만 무오의 목소리에는 자신이 없었다. 무오는 한이 이부에 대해서 한 말을 그냥 지울 수가 없어서 물었다.

"소식이 감감이라는 건 무슨 뜻이에요?"

"모르지 뭐. 말 그대로 소식이 감감인데."

한이 우물거렸다. 한은 괜히 화단을 들여다보는 척하다가 답답해죽겠다는 듯이 말을 뱉었다.

"그러니까, 그게, 그애가 죽은 것 같다는 거야."

"죽은 것 같다고요?"

"시체를 본 게 아니니까 모르지만 죽었는지 살았는지 통 소식을 모른다는 거야. 죽었을 수도 있지 않겠어? 물론 안 죽었을 수도 있지. 아무도 소식을 모르니까. 그애도 무오 너처럼 딱히 가족이라고 할 만한 사람들이 없다고 했어. 난 그것도 마음에 걸리더라고."

한이 어깨를 늘어뜨리고 벽에 기댔다. 한숨을 쉬고 나더니 하늘을 보고 나선 이제야 속이 시원하다는 표정을 지었다. 무오는 갑자기 머리가 복잡해졌다. 그러니까 한의 말대로라면 이부가 무오를 데리고 나간 건 무오가 사라져봤자 문제될 게 없기 때문이라는 거였다.

"물론 이부가 네가 식구들이랑 연락 안 하고 지낸다는 걸 알리는 없겠지만, 모르는 일이지. 뒷조사라도 했다면 그 정도 정보를 알아내는 건 일도 아니지 않겠어? 게다가 그쪽 사람이라면 그 정도의 일은 그냥 껌이겠지, 뭐. 무슨 일을 했냐?"

무오는 뭐라고 대답해야 할지 몰랐다.

"운전을 했어요."

한이 씁쓸하게 웃었다.

"운전 했어요."

"됐다."

둘이 말없이 서 있다가 한이 자리에서 일어났다. 그는 뭔가 더 말하려다가 그만두고 천천히 사무실을 향해 걸어갔다. 무오는 한의 뒷모습을 보면서 이부가 그럴 리 없다고 생각했다. 무오가 어느 날 사라진 데도 아무도 그걸 모를 테니까, 그래서 자길 데려갔다는 얘길 믿을 수가 없었다.

겉으로는 심드렁하게 대했지만 무오에게 이부는 특별했다.

지금까지 그 누구와도 살아간다는 것에 대한 얘기를 나눠본 적이 없었다. 무오에 대해서 그렇게 궁금해한 사람도 없었고, 충고나 조언을 하는 사람도 없었다. 어머니와 연락이 끊긴 지 오래되었고 아버지조차도 그랬다. 아버지는 매사에 자신이 없는 사람이었다. 자기 몫의 생활을 이끌어가기에도 버거워 보였고, 무오를 낳고 기르는 것에 대해서도 매순간 당황스러워했다. 선생님들에게도 마찬가지였다. 무오는 보이지 않는 학생이었다. 무오는 그들의 눈에 띌 정도로 뛰어난 학생이 아니었다. 그리고 그들의 눈에 거슬릴 정도로 나쁜 학생도 아니었다. 두어 번 정도 심하게 맞은 적이 있지만 선생님의 심기가 불편했기 때문이었다. 무오는 그 얘기를 아버지에게 하지 않았다. 아버지를 더 당황스럽게 하고 싶지 않았다. 신경을 쓰지 않아도, 과하게 체벌을 해도 아무 문제가 되지 않는 그런 학생이 무오였다. 아무에게도 자기 얘길 할 사람이 없었다. 아무도 무오를 궁금해하지 않았다. 그러다 보니 무오 자신조차도 자신에 대해서 점점 더 모르게 되었다. 무오 자신조차도 자신에 대해서 궁금해하지 않았다.

이부만은 달랐다고 생각했다. 무오를 때로는 신기하다는 듯이 쳐다보고, 이렇지 않냐느니 저렇지 않냐느니 생각한 것을 구구절절 떠들고, 무오의 생각을 물었다. 대답하지 않을 것을 알아도 물었고, 새겨듣지 않는 것 같아도 떠들어댔다. 스스로에게 떠들고 있다는 생각이 들 때도 있었지만, 그래도 무오의 이름을 불러가면서, 반응을 살피면서, 때로는 답답해하고 짜증을 내면서도 대화를 시도하는 것이 무오는 고맙고 좋았다. 그래서 괜히 더 퉁퉁거렸는지도 몰랐다. 이부에게 어떻게 대해야 하는지 몰랐다. 무오는 누군가 자신을 그런 눈으로, 세상에 단 하나로 존재하는 특별한 사람처럼 바라보는 것이 처음이었다.

그런데 그 이유가 고작 자기가 잘못되어도 알아챌 사람이 아무도 없기 때문에, 가족들이나 친하게 지내는 친구 없이 혼자 지내기 때문이라고 했다. 눈물이 핑 돌았다. 그리고 나서는 헛웃음이 나왔다.

"g12 구역 들어갑니다!"

무오는 일어나 제 구역으로 달려갔다. 몸을 쓰는 일이 좋은 건 생각을 멈출 수 있기 때문이다. 무오는 빠르게 돌아가는 레일에 맞서 있는 동안은 한이 한 말을 잊을 수 있었다.

다음날은 하차에 분류되었다. 몸을 움직여도 어쩐지 생각을 쫓을 수가 없었다. 자기도 모르게 자꾸 다리가 멈추고 손이 멈췄다. 그리고 한의 목소리가 귓가에서 울렸다. 일 잘하고 성실한 애 하나를 데리고 나갔다는 거야. 무오는 정신을 차리려고 눈을 부릅떴다. 이부를 따라 나간 그애가 소식이 감감이라는 거야. 무오는 누런 종이 상자를 바닥에 던져버렸다.

휙—

호루라기 소리가 들리고 한이 달려왔다.

"무오, 무슨 일이야?"

숨을 몰아쉬며 한이 무오에게 물었다. 한이 무오의 표정을 살피더니, 어깨를 치며 자기가 처리할 테니 다시 들어가라고 한다.

하지만 무오는 꿈쩍도 하지 않았다.

"무오 너 이리 나와."

한이 손을 까딱거렸다. 무오가 움직이지 않자 허리춤을 붙잡고 라인 밖으로 끌어냈다.

"이 새끼, 어디서 나쁜 걸 배워 와가지고."

한이 무오 앞에 섰다.

"뭘 안다고 그런 말을 합니까? 내가 뭘 배워왔는데요? 아무것도 모르면서, 왜 알은척입니까?"

무오가 거칠게 숨을 쉬며 한에게 대들었다. 한이 무오의 멱살을 쥐었다.

"이거 놔요."

무오의 가슴이 들렸다. 한이 멱살을 쥔 손을 흔들며 무오에게 욕을 했다. 다시 돌아온 놈치고 제대로 일하는 놈을 보지 못했다고 했다.

무오는 뱃속 깊은 곳에서 뜨겁고 단단한 것이 치밀어오르는 것을 느꼈다. 반사적으로 그것을 억눌렀다. 하지만 그 뜨거운 것이 다시 치밀어올랐다. 무오의 눈이 획 돌아갔다. 한의 손목을 내리치고 주위를 두리번거렸다. 한의 손바닥이 무오의 뒤통수로 날아들었다. 무오가 넘어졌다. 무오가 다시 몸을 일으키려고 할 때 다시 한의 발이 무오의 어깨를 내리 눌렀다.

"너 지금 당장 사무실로 따라 와."

한이 짜증난다는 듯 손바닥을 비비고 나서 바닥에 침을 탁 뱉었다. 허리 위에 손을 올리고 인상을 찌푸렸다. 뒤돌아 엘리베이터 쪽으로 걸어가면서 한이 중얼거렸다.

"새끼, 뭘 믿고 갑자기 기고만장이야."

포장박스를 누르기 위해 벽돌들을 여러 장 올려놓고 있었다. 무오는 그중 하나를 집어들고 한에게 다가갔다. 한이 기척을 느끼고 뒤돌아 무오를 봤다. 하지만 대수롭지 않게 생각하는 것 같았다. 무오가 그걸 집어던질 위인이 못 된다는 걸 알고 있었다. 한은 태평스럽게 옷매무새를 매만지고 어깨를 툭툭 털었다.

"아, 저 새끼가. 인마, 그거 내려놓지 못해?"

하지만 무오는 걸음을 멈추지 않았다. 무오가 한의 앞에 붙어 섰다. 한이 무오의 얼굴을 올려다봤다. 무오가 한보다 십 센티미터는 더 컸는 데도 한은 마치 내려다보는 듯한 눈빛으로 무오를 봤다. 한의 시선이 점점 더 아래로 내려갔고 마침내 무오의 왼손에서 멈췄다.

"그거 내려놓으라고."

무오는 벽돌을 더 세게 움켜쥐었다.

"이 새끼가 미쳤나. 너 진짜 뭐 믿고 이래? 너 여기 왜 들어왔어?"

한의 목소리가 냉랭해졌다. 무오의 마음도 싸늘하게 식었다. 화가 가시자 떨리던 주먹에 힘이 들어갔다. 무오는 한의 어깨를 향해 벽돌을 던졌다.

정신이 들었을 때 한은 다른 이들의 부축을 받으며 무오에게서 조금씩 멀어져갔다. 한의 입에서 거친 쌍소리가 끊임없이 흘러나왔다. 누군가 무오의 뒷덜미를 잡았다.

"당장 꺼져, 이 새끼."

무오는 자기를 쳐다보는 동료들의 눈빛에서 자기가 더 이상 노진 사람이 아님을 알았다.

다음날에 무오는 공장 앞까지 왔다가 다시 돌아갔다. 그다음날에도 그랬고, 그다음날에는 이제 공장에는 다시 돌아갈 일이 없겠다고 생각했다. 일주일 뒤에 변호사 사무실에서 전화가 왔다. 무오를 고소할 거라고 했다. 직원은 한의 입장을 간단히 설명하고, 합의금 액수를 말해준 뒤 전화를 끊었다.

무오는 핸드폰을 들고 이부의 전화가 온 날을 확인했다. 12월 9일, 일주일 전이다. 생각보다 시간이 많이 지나지는 않았다. 국밥집에서 낮부터 순대국을 안주 삼아 소주 한 병을 비우고 이부에게 전화를 걸었다. 막상 이부의 목소리가 들리자 무오가 더 당황했다. 휴대폰을 붙들고 가만히 있었다.

"무오, 어디냐?"

이부의 목소리는 다정했다. 무오는 이부의 온기에 별다른 의미가 없다는 걸 알면서도 긴장한 마음이 조금 느슨해졌다.

"형님 말씀대로 외국이냐?"

이부의 농담을 싫어했는데 피식 웃음이 났다.

"외국인데 어떻게 전화를 받습니까?"

"아, 이 새끼 넌 로밍서비스도 모르나봐."

"전 그런 거 안 하는데요."

"잘한 게 뭐 있다고 말대답은 여전하네. 무오 니가 왜 전활 했는지 이 형은 다 알지."

"알긴 뭘 압니까?"

"니 맘을 내가 알지, 이 새끼야."

"……"

"무오 너, 나 보고 싶어서 전화한 거 아니냐. 안 그래? 그치? 내 말이 맞지?"

"……"

"이제 일 다 처리됐다."

"……"

"저녁은 먹었냐?"

"지금이 몇 신데 저녁을 먹어요."

"형님이 물어보면 그냥 네, 먹었습니다 하든가. 안 처먹었으면 안 처먹었습니다, 한마디 하는 게 뭐가 그렇게 어려워."

"형."

"그래."

"저 돈 좀 꿔주세요."

"돈?"

"네, 돈이요."

"얼마나?"

"오백이요."

"오백?"

수화기 너머가 고요했다. 무오는 자기가 무리한 요구를 했다고 생각해서 얼굴이 뜨거워졌다. 점점 뻔뻔해지고 있는 것 같아서 당장 전화를 끊어버리고 싶었다.

"너 지금 오백 때문에 목소리 깐 거야?"

침묵을 깨고 이부가 웃었다. 웃음소리가 너무 경쾌해서 무오는 어안이 벙벙했다.

"알면 알수록 매력 있는 녀석이라니까."

"꿔준다는 얘깁니까?"

"그래. 그렇다는 얘기다. 이 새끼야."

"사정이 좀 급해서."

"언제까진데?"

"내일이요."

"지금 바로 넣을게."

"……"

"왜 대답이 없어?"

"……"

"모레 저녁까지 올라와. 이번에 내가 제대로 기획한 건이 하나 있어. 당분간 거기에 힘 좀 써보자고. 18일 오후 일곱 시에 사무실에서 보자."

9
동상이몽

"내가 제일 좋아하는 속담이 동상이몽입니다. 나는 그만큼 세계를 잘 표현하고 있는 말이 없다고 생각하거든요. 다들 뭔갈 같이하고 있는 것처럼 보이지만 실은 안 그렇잖아. 속으로는 다 딴생각들을 하고 있거든. 뭐, 멀리서 찾을 것도 없어요. 여기 우리 셋이 술 마시는 데도, 봐, 셋이 다 다른 생각하고 있잖아요. 나야 어떻게 하면 이 일을 아무 문제없이 성사시킬까 고민하고 석 팀장은 마누라랑 자식새끼 벌어먹일 생각에 바쁘고 무오 얜 남이야 뭘 하든 자기 입에 고기 넣는 데밖에 관심이 없고. 안 그러냐, 무오야, 으응?"

사무실에 새로 도배를 하고 가구도 새로 들였다. 덩치가 좋고 머리카락을 잘 빗어넘기고 비싸 보이는 양복을 입은 사람들이 와서 성인 키를 살짝 웃도는 사이즈의 나무 화분을 세 개나놓고 갔다. '대림건설'이라고 문에 간판도 내달았다. 사람들이 돌아가자 이부는 사무실에서 고기를 구워 먹자고 했다. 일 층에 바로 고깃집이 있는 데도 굳이 사무실을 고집했다. 무오야, 사무실도 새로 꾸미고 무오도 돌아오고 정말 오랜만에 형이 기분이 좋아 그래. 나 어렸을 때 말이야, 아버지가 월급날에는 꼭 삼겹살을 사와서 집에서 불판에 고길 구워 먹었어. 그땐 외식을 하고 싶어 했는데 크니까 아버질 그대로 따라하게 되더라고. 아직도 돈 들어오면 좋은 부위 소고기가 아니라 돼지 삼겹살을 사가서 집에서 구워 먹는다면서 이부는 회상에 잠겼다.

이부의 추억 때문에 사무실 안은 매캐한 연기로 가득 찼다. 무오는 창을 열어 환기를 시킨 뒤 불판 위의 고기를 뒤집었다.

"익지도 않은 걸 왜 자꾸 뒤집어? 그거 가만히 둬라."

이부가 무오의 뒤통수를 슬쩍 때렸다. 격의 없이 말을 던진 적은 있어도 몸에 손을 댄 일은 없었기 때문에 무오는 좀 당황했다. 이부가 무오의 어깨 위에 손을 올렸다. 무오는 이부의 손을 치워버리고 싶었지만 대신 흐흐, 하고 바보처럼 웃은 뒤 고기를 집었다. 이부가 그런 무오를 흐뭇한 표정으로 바라봤다. 순간 무오는 자신의 마음속을 이부가 훤히 꿰뚫어 보고 있다는 생각이 들었다. 이부가 원하는 건 사실 진짜 복종이나 존경심이 아니라 그저 눈앞에서 납작 엎드리는 것뿐이었다. 자신에 대해 뭐라고 생각하든 전혀 개의치 않고 있으며 애초에 그 이상은 바라지도 않았다는 생각이 들었다.

저 남자, 긴팔에 대해서는 이부에게 미리 들은 바가 있었다. 모리자동차에서 근속 십 년을 채우고 초반 싸움에 주도적 역할을 했던 인물로, 집안사정 때문에 노조에서 탈퇴했다고 했다. 도트의 입사동기인데 두 사람 간의 신의가 대단해서 그가 싸움에서 빠져나갔을 때 도트의 정신적 충격이 컸다고 했다. 하필이면 그런 사람을 부를 게 뭐냐고 무오가 떨떠름한 표정을 짓자, 그런 사람이니까 부른 거지, 이 새끼가 아직도 뭘 모른다니까, 하며 고개를 설레설레 흔들었다.

이부는 고기를 우적우적 씹으며 말을 이었다.

"제도에 대한 이해가 없는 사람들 때문에 아주 답답한 노릇이지요. 석 팀장님처럼 생각이 깨인 분을 만나서 저희는 정말 행운이라고 생각합니다."

이부가 무오의 어깨를 다시 툭툭 두드렸다. 이부는 무오에게는 허물없이 구는 반면 긴팔에게는 꼬박꼬박 존댓말을 쓰며 팀장님이라는 칭호를 빠뜨리지 않았다. 무오는 어쩐지 속이 뒤틀려서 사이다를 한 잔 비우고 고기만 꾸역꾸역 입안에 넣었다.

"보통 믿는 게 아니면 이런 일 맡기기 어렵습니다."

이부가 무슨 부탁을 할 모양인지 긴팔을 추어올렸다.

"무슨 말씀을요. 제가 실장님을 믿고 일하는 거죠. 저야말로 운이 좋았습니다."

긴팔이 눈을 아래로 깔고 목소리는 높였다. 이부는 억지대답을 받아놓고 그 정도면 만족한다는 듯 고개를 끄덕였다. 무오는 불판 위의 고기만 바라봤다. 노릇하게 살이 익어 올라오는 고기를 반대쪽으로 뒤집었다. 돼지고기에서 흘러나온 기름이 불판 위에서 끓는 소리가 요란했다. 프라이팬을 기울여 그릇에 기름을 덜어내자 다시 소리가 잦아들었다. 이부가 젓가락으로 고기를 집었다.

"이번 일은 전적으로 석 팀장님한테 달려 있는 거나 마찬가집니다. 정말 잘 부탁드립니다. 무오야, 팀장님 술잔 빈 거 안 보이냐? 사람이 잔도 좀 채워주고 그럴 줄 알아야지, 자식아."

무오는 이부의 타박에 정신이 든 듯 소주병을 들었다. 긴팔의 잔에 술을 따르고 나서 자기 잔에도 사이다를 한가득 채웠다. 셋은 술잔을 부딪쳤다. 이부가 잔을 단숨에 비우고 테이블 위에 탁, 소리가 나게 내려놓았다.

"전부터 계획했던 건데 포착하는 게 쉽지 않았어요. 그런데 이렇게 석 팀장님이 우리랑 같이 해주신다니까 우리가 강아지 새끼마냥 그 뒤를 졸졸 쫓아다니며 기다릴 필요가 없겠더라 이 말이지요. 내가 원체 기다리는 걸 싫어하기도 하고."

"안 기다리면요?"

무오가 끼어들었다.

"만들어야지."

이부가 무오에게 곁눈질을 했다.

"만들어요?"

"생각해봐. 우리가 해야 하는 일은 폭력사건을 동영상에 담는 거야. 싸움이 진짜 일어났는지 아닌지는 하나도 안 중요하다. 그냥 결과적으로 도트가 주먹을 휘두르는 장면이 화면에 있으면 된다는 거지."

"합성을 하자는 겁니까?"

이부가 피식 웃었다.

"아, 이 자식, 작정만 하면 나보다 더 할 놈이라니깐."

이부는 자기가 새로 짠 계획이라는 걸 설명했다. 긴팔과 도트 사이의 감정을 이용해 도트의 화를 돋우고, 감정이 극단에 치달았을 때 도트를 건드려 되도록 사람들이 많이 보는 공개된 장소에서 도트가 긴팔에게 폭력을 행사하도록 유도한다는 내용이었다. 그러니까 극본이 없는 상태에서 영화를 찍는 것과 비슷한 거라고 했다. 얘기를 들어보니 긴팔의 역할이 대부분이고, 무오는 카메라에 그 모습을 담기만 하면 되었다. 이부가 긴팔을 추어올리는 이유를 알 것 같았다.

긴팔이 전화 한 통 할 일이 있다면서 자리에서 일어나자, 내내 무오를 깎아내리고 핀잔을 주던 이부의 태도가 돌변하여 갑자기 오래된 친구라도 대하듯 친근하고 다정하게 굴었다.

"넌 자리만 제대로 지키다가 카메라만 붙들고 있으면 되니까 크게 문제될 일은 없을 거야. 저 새끼 어깨가 무겁지. 아무리 갈라섰다고 해도 한때 동료들인데."

이부가 천천히 고개를 저었다. 아까는 잔을 제때에 따르라더니 혼자 술을 따라 홀짝거렸다.

"너라면 하겠냐?"

무오는 대답 대신 고기 한 점을 입안에 넣었다. 이부가 접시 위에 있던 김치를 한 젓가락 집어 불판 위에 올렸다.

"난 안 한다."

이부가 팔짱을 끼더니 의자등받이에 몸을 기대고 길게 하품을 했다. 김치를 뒤적이다 한 조각 집어 쩝쩝 소리를 내며 맛을 보고는 손바닥으로 아래턱을 쓸었다.

"저 새끼 어깨 위에 뽕 집어넣어주느라 입이 다 아프네."

이부는 또 한 잔을 따라 단숨에 털어넣었다.

무오가 침을 꿀꺽 삼켰다. 당장이라도 이부의 얼굴을 날려버리고 싶었다. 하지만 중요한 건 지금 무오의 처지였다. 이부가 아무리 화가 나는 말을 한다고 해도 무오는 이부를 때리지 못할 것이다. 주먹은 테이블 밑에 있고, 그걸 들어올릴 선택권은 무오에게 없었다. 무오는 다시 호호, 하고 웃었다.

무오가 이부의 잔에 소주를 따랐다.

"무오 너 이빨 부러지겠다."

"네?"

"이를 왜 그렇게 앙다물고 있어?"

이부가 무오의 어깨 위에 오른손을 얹고 흔들었다.

"이 게임 생각보다 오래가네."

농성장 진압 이후에도 노조에서는 회사 측과의 싸움을 포기하지 않았다. 2차 공판을 기다리는 중이었다. 고소를 한 쪽은 회사 측이었다. 기물파손죄와 명예훼손죄가 죄목이었다. 1차 공판에서 판사는 노조 측에 손을 들어줬다. 이부는 태연했는데 1, 2차 공판이 어떻게 나든 하나도 중요하지 않다고 했다. 3차 공판의 판사들은 친기업 인사들로 꾸려질 거라고 했다. 결과는 이미 정해져 있었다. 무오는 무오의 역할을 하면 되었다.

"어디가 좋을까?"

이부가 도트의 폭력을 유발하기 적당한 장소를 생각해보자고 했다. 생각을 하는 것은 기분을 좋게 만든다고 말하는 이부의 얼굴은 들떠 보였다. 새로 산 소파는 아주 푹신했다. 인조가죽이었지만 자연스럽게 무늬를 넣어 진짜 가죽처럼 보였다.

돌아온 긴팔의 손에는 음주 전 드링크제가 세 병 들려 있었다. 무오가 자기는 술을 먹지 않았다며 사양했더니 무안이라도 당한 듯 긴팔의 얼굴이 붉어졌다. 허허, 소리를 내어 웃고 있었지만 달아오른 얼굴의 열기까지 숨길 수는 없었다.

이부는 긴팔에게서 받아든 음료를 홀짝이며 고개를 갸웃거렸다.

"어디가 좋으려나? 시청? 서울역 광장? 사무실? 집 주변?"

이부는 마치 저녁 메뉴를 고를 때처럼 마음 내키는 대로 불러대고 있었다.

10
술을 안 마시면 잠이 안 온다

왼팔에 붕대를 둘둘 감으면서 무오는 이게 무슨 짓인가 하는 생각이 들었다. 긴팔은 세면대 위에 걸터앉아 오른쪽 다리에 붕대를 감고 있었다. 열한 번째, 노조원의 장례식을 치르고 있는 병원이 바로 길 건너에 있었다. 무오는 장례식에는 가고 싶지 않다고 말했지만 투정처럼 들렸는지 이부는 웃어넘겼다. 너 아직 순수한 데가 있구나. 내가 그래서 너를 좋아해, 무오야. 이부는 어린애 달래듯 무오의 어깨를 툭툭 쳤다. 무오가 얼굴을 찌푸리자 이부는 그것마저도 귀엽다는 웃어넘겼다. 그게 더 기분 나빴다. 긴팔은 마네킹처럼 뻣뻣하게 서서 백화점의 판매원 같은 미소를 짓고 있었다. 무슨 생각을 하고 있는지 도저히 알 수 없는 사람이었다.

무오는 긴팔이 뻔뻔스럽다고 생각했다. 어떻게 긴팔이 웃어

보일 수 있는지 도무지 이해가 가지 않았다. 처음에 무오는 긴팔이 연극을 하고 있는 거라고 생각했다. 앞에 이부가 있어서 그렇지 무오와 단둘이 남게 되면 이러저러해서 이렇게까지 되었는지, 아무렇지 않은 척하지만 나도 속은 말이 아니다, 하지만 어쩔 수 없었다, 동료들 얼굴 똑바로 볼 낯이 없다, 딱히 그런 내용이 아니더라도 최소한 무슨 설명이라도 해줄 줄 알았다. 그런데 긴팔은 아무 말도 하지 않았다.

물리적인 문제는 대충 마무리지었으니 여론만 잡으면 이 일도 슬슬 끝나가는 셈이라고 했다. 이부는 노조 측으로 기운 여론을 돌리는 건 어렵지 않은 일이라고 했다. 어차피 동영상을 보고 달아오른 마음쯤은 동영상으로 다시 뒤집어줄 수 있다고 했다. 이부는 사람들이 노조 측에 감정이입을 해봤자 얻을 수 있는 게 뭐겠느냐고 물었다. 자괴감이든 분노든, 그게 어떤 감정이든 간에 그런 감정이 자기 자신에게 해가 된다면 인간이라는 종족은 그 감정을 더 느끼지 않는 쪽으로 움직이기 마련이라고 했다.

도트는 그사이 아내와는 이혼을 했고, 아내와 살던 집에서 혼자 살고 있었다. 모든 상황이 이부의 설정에 맞춘 듯이 진행되고 있었다.

붕대를 감으며 콧물을 훌쩍거리는 긴팔이 무오의 눈에는 아무 생각도 없는 것처럼 보였다. 긴팔은 붕대를 다 감고 나더니 감긴 모양이 맘에 안 드는지 도로 풀었다. 교련시간이라도 되는 듯 진지하게 붕대를 감고 있는 모양새가 우스웠다. 긴팔이 일어나기를 잠자코 기다리고 있는데 긴팔이 무오를 쳐다보지도 않고 물었다.

"같은 일 하면서 왜 자기는 나랑 다르다는 듯 굴어?"

"제가요?"

"내가 전에 모리 노조원이었으니까 이래선 안 된다는 건가, 자기는 되고, 나는 그러면 안 된다?"

"그런 말 한 적 없습니다."

긴팔이 주말 드라마의 엔딩신이라도 보듯 희미하게 웃었다.

주차장으로 내려가려고 하자 긴팔은 굳이 같이 가서 좋을 게 없으니 먼저 들어가라고 했다. 차에 목발이 있으니까 자기가 차를 운전하겠다고 했다.

"이따 봅시다."

긴팔이 주차장으로 내려가고 무오는 건물을 빠져나와 건널목 앞에서 병원 건물을 바라봤다.

까만 액자 안에 지난여름 농성장 앞에서 찍은 사진이 걸려 있었다. 사진 앞에 서서 무오는 향을 피우고 하얀 국화를 한 송이 올리고 눈을 꼭 감고 두 번 절을 했다. 멍하니 서 있는데 언제 들어왔는지 목발을 짚은 긴팔이 무오의 어깨를 두드렸다.

무오가 물러서자 긴팔은 절뚝이며 영정사진 앞으로 걸어가

향을 피웠다. 누군가 무오를 부르더니 다른 노조원들이 앉아 있는 테이블을 가리켰다. 무오는 말 잘 듣는 아이처럼 그가 가리킨 쪽으로 걸어가 자리를 잡았다. 공장점거 때 알게 된 박과 윤, 이름은 기억이 안 나지만 얼굴이 익은 노조원들 셋이 더 있었다.

테이블 위에 소주 두 병이 올라갔다. 테이블에 둘러앉은 여섯 명 모두 시뻘건 육개장만 바라볼 뿐 말이 없었다. 박이 수저를 들자 다들 말없이 육개장을 꾸역꾸역 입에 넣기 시작했다.

"아 이런 개같은 경우가 어딨어? 병신 같은 새끼가 뛰어내리기를 거기서 왜 뛰어내려. 아니, 거기가 몇 층인데 뛰어내려. 차라리 맞아죽었으면 그 쌍놈의 새끼들한테 죄라도 물을 수 있지, 왜 지발로 뛰어내려."

흥분한 박의 입에서 허연 밥풀이 튀어 식탁 위에 떨어졌다. 윤이 숟가락을 내려놓고 잔에 소주를 따랐다. 박이 원체 속마음과 달리 말을 툭툭 뱉는다는 것을, 화가 나고 속상해서 하는 마음에 없는 소리라는 걸 알면서도 무오는 속이 뒤집어졌다. 윤이 주위를 두리번거리더니 낮은 목소리로 박을 타일렀다.

"가족들 듣는데 말조심해라."

가족이라고 해보았자 이모와 이모부, 사촌동생 둘이 다였다. 부모에게는 연락이 되지 않았고 형제가 없다고 했다. 이모라는 사람도 가까이 지낸 것 같지는 않았고 그가 뭘 하고 지냈는지도 모르는 것 같았다. 어릴 때 몇 번 얼굴을 본 게 전부로, 부모에게 연락이 되지 않는다고 하자 조금 곤란하다는 듯 가게 문을 닫기가 어려워서 하루 정도 날을 뺄 수 있겠다고 했다.

장례식은 노조에서 준비하고 첫날만 문상객을 받기로 했다. 영정사진 앞에는 그가 평소 좋아했다던 디스 플러스가 올려져 있었다.

상조회 담당이 긴팔과 악수를 나누며 오랜만이라고 인사를 나눴다. 그리고 나선 무오를 구석으로 데려가 이것저것 물었다. 혹시 가깝게 지내던 노조원이 누군지 아나? 너도 잘은 몰라? 우린 무오가 가까운 사이였을지도 모른다고 생각했지. 나이가 비슷해서.

상조회 담당은 알았다, 너무 걱정하지는 말라며 자리를 잡아줬다. 긴팔과 무오는 두 자리 떨어져 앉았다.

"너 그만 마셔라."

거푸 술잔을 비우는 박의 손에서 긴팔이 술잔을 빼앗아 들었다. 술에 의지하기 쉬울 때니까 조심하라며 잔을 내려놓았다. 동태전을 한 입 베어물고 접시에 내려놓은 긴팔이 휴대폰을 만지작거리다가 윤에게 물었다.

"자희 형은 아직 안 왔나?"

"몰라. 형 또 연락 안 받는다."

"연락을 안 받다니?"

"몰라, 아까 만나서 같이 오기로 했는데 전활 안 받네."

"통화는 했어?"

"응. 오늘은 분명히 나온다고 했는데. 아주 예상을 못했던 건 아니긴 한데……"

윤이 말끝을 흐렸다.

"그게 무슨 소리야?"

긴팔이 목덜미를 긁으며 물었다.

"형 보러 왔다가 그냥 돌아가는 사람이 요새 많아."

윤이 술잔을 비우고 코를 팽 풀었다.

"약속을 잡질 말든가, 만나자고 죄다 사무실로 불러놓고는 안 나타난 지 벌써 일주일째야. 저번에도 그러더니 꼭 중요한 일 앞두고 은둔이야."

"일주일째라고?"

"최근에 술을 너무 많이 마신다 했어. 일정을 잡아놓고도 전날 술을 마시고 다음날 못 일어나지를 않나, 술 마시면 자제를 못하고 폭주를 하고 주사도 너무 심해지고 있어서 이제 우리도 같이 술 마시자고 하면 선뜻 대답이 안 나온다니까. 수면제 처방 받고 있는 건 알고 있었지. 근데,"

박이 말을 고르는 것 같았다.

"무슨 소리야?"

긴팔의 눈에 불이 일었다. 무오는 그게 연극인지 긴팔의 진심인지 헛갈렸다. 하지만 그게 진심인들 그가 무엇을 해줄 수 있을 것인가. 연극이라면 좋겠다. 속으로 긴팔을 미워할 수나 있게.

"무슨 말이냐고?"

긴팔이 박의 옆에 붙어 앉으며 목소리를 높였다.

"최근에는 자기가 누군지를 헛갈려 하는 것 같았어. 말이 안 되는 소릴 하기도 하고."

"무슨 소릴?"

"자기가 회사 사장인 것처럼 말을 하는 거야."

"회사 사장?"

옆에 있던 노조원이 옆구리를 치자 박이 입을 다물었다.

"그만해."

긴팔이 다시 물었다.

"형이 자기가 회사 사장이라고 생각한다고? 그게 무슨 말이야?"

박이 나지막한 목소리로 충고했다.

"그러니까 정신들 똑바로 차려."

긴팔이 자리에서 일어나 밖으로 나갔다.

"근데 자희 형은 어디 있는데요?"

무오가 묻자 박이 한숨을 내쉬면서 술병을 하나 더 올렸다.

"집에 있다고들 하는데, 찾아가서 문 두드려도 안 열어줘. 안에 있는 건 거의 확실해. 근데 없는 척. 우리라는 거 알면서도 문을 안 열어."

"왜요?"

"못 믿는 거지."

"뭘요?"

"이번에 농성장 철거당한 거. 이렇게 될 리가 없었다고 하더라고. 내부에서 정보가 나갔다는 얘기가 있나봐."

무오가 고개를 떨구었다.

"나도 요즘은 술을 안 마시면 잠이 안 온다."

박이 머리를 싸쥐었다. 무오도 자리에서 일어났다.

다시 건너편 건물로 가서 화장실에서 붕대를 풀었다. 긴팔이 도트에게 전화를 거는 동안 무오는 핸드폰을 들고 만지작거리면서 문자를 주고받는 척 딴청을 피웠다. 긴팔 쪽에서는 무오에 대해서는 신경도 쓰지 않는 듯 보였지만 무오는 괜히 민망했다. 긴팔은 무오가 보이지 않는 것처럼, 혼잣말로 도트에게 얘기할 대사를 연습하다가 헛기침을 두어 번 하고 전화를 걸었다.

도트가 전화를 받지 않는지 긴팔이 그냥 전화를 끊었다.

"전활 안 받네요."

기대도 하지 않았다는 듯 긴팔이 말했다.

"그럼 어떡하죠."

무오는 그렇게 물었지만 하나도 궁금하지 않다는 듯 아무 감

정도 실리지 않은 목소리였다.

"어떡하긴 뭘 어떡해요?"

긴팔이 피식 웃었다.

무오는 긴팔의 멱살이라도 잡고 싶었다. 당신 지금 웃었냐고 묻고 싶었다. 지금 웃음이 나오냐고 따지고 싶었다. 긴팔은 무오의 대답은 기대하지도 않았다는 듯 말을 이었다.

"집으로 갑시다."

차 안에서 긴팔은 계속해서 라디오를 바꿔 틀었다. 청취자 사연을 들으면서 혼자 대꾸를 하고 마음에 들지 않는 노래가 나오면 채널을 바꿨다.

80년대 유행했던 트로트가 나오자 긴팔이 리듬에 맞춰 어깨를 조금씩 흔들었다. 무오가 고개를 돌려 긴팔을 바라봤다. 가수라도 되는 양 진지한 표정을 짓고 있는 꼴에 무오는 어이가 없어 창 쪽으로 고개를 홱 돌렸다.

"고갤 왜 돌려, 무오 씨."

긴팔의 목소리가 부드러웠다.

"멀미가 나서요."

무오는 긴팔을 쳐다보지도 않고 대답했다.

"내 면상을 보는 게 그렇게 싫어? 제일 서러운 게 동료들한테 설움 당하는 건데 너무 나한테 쌍심지 켜고 대하지 말라고."

"쌍심지를 켜요? 누가요?"

긴팔이 자기를 동료라는 이름으로 한데 묶어 얘기하는 게 기분 나빠서 무오는 퉁명스럽게 대꾸했다.

"나만 보면 얼굴에 인상이 들어가니까 하는 소리지. 자기가 정말 화내고 싶은 상대가 나야? 정말 그래?"

삐친 아이를 어르듯 느긋한 말투에 무오는 더 화가 났다.

긴팔이 스피커 볼륨을 올렸다. 그리고 또 노래를 따라 불렀다. 무오는 다시 창밖을 바라봤다. 흐릿하게 빛난 별 하나 없이 보름달 주위를 뿌옇고 얄따란 구름이 감싸고 있었다.

"기분 나쁘게 왜 하늘이 이렇게 흐려."

긴팔이 중얼거렸다. 신호등을 확인하더니 서서히 속도를 줄였다.

'정신 똑바로 차려. 미친놈들이 처음부터 미쳐서 태어나는 게 아니야.'

긴팔이 핸들을 꺾었다. 무오의 몸이 휘청이며 차문에 살짝 부딪혔다. 거리에서 쏟아져나온 네온불빛이 차창을 통과하여 무오의 얼굴 위에 어지러운 반점들을 내려놓았다가 순식간에 거두어갔다.

단지 입구 주차장에 차를 세우고 둘은 나란히 걸었다. 노점상이 리어카에 귤을 쌓아놓고 한 무더기에 오천원씩 팔고 있었다.

"자희 형이 귤을 엄청 좋아하는데 한 봉다리 사가야겠다."

긴팔이 귤을 하나씩 골랐다. 해를 끼치러 가면서 좋아하는 귤을 정성스럽게도 고르는 긴팔이 무오의 눈에는 황당하게만 보였다. 사람을 약 올리는 것도 아니고 딱히 죄책감 때문에 그러는 것도 아닌 것 같은데 뒤통수를 치러 가면서 그 사람이 좋아하는 음식을 떠올리는 건 무슨 심리인지 알 길이 없었다.

"자희 형은 작은 걸 좋아해."

무오가 고른 알이 굵고 잘 여문 귤을 덜어내며 긴팔이 작은 귤을 집어넣었다. 점점 더 어이가 없었다. 지금 긴팔이 자기 앞에서 쇼를 하자는 건지 아니면 무오의 성질을 돋우고 싶어서 그러는 건지 판단이 서지 않았다. 긴팔은 주인이 건넨 검은 봉지를 받아들고 무오는 긴팔의 뒤편에 멀찌감치 떨어져서 걸었다. 긴팔은 묵묵히 걷기만 했다. 오른손에 귤 봉지를 들고 가끔 하늘을 쳐다보면서 걷는 그의 뒷모습은 마치 명절에 고향을 찾아가는 가난한 사람처럼 보였다.

D동 앞에 차를 세웠다. 도트의 집은 여섯 개의 건물이 한 블록을 이루는 칠 층짜리 아파트였는데, 시에서 몇 안 남아 있는 오래된 건물이었다. 새로 페인트 칠을 했지만 구식 건물임을 감출 수는 없었다. 주차장에는 주로 소형차들이 세워져 있었고 몇 년 전에 단종된 모델도 종종 눈에 띄었다. 놀이터의 정글짐은 색이 바랬고 군데군데 녹이 슬어 있었다.

현관 앞에서 벨을 열 번도 더 눌렀지만 안에서는 대꾸가 없었다. 무오는 봉지에서 귤을 꺼내 먹었다. 서너 개 까먹다가 문득 옆을 돌아봤다. 긴팔의 손에도 귤이 들려 있었다. 둘은 경쟁이라도 하듯 귤을 하나씩 집어들어 입에 넣었다. 비닐봉지 안에서 귤껍질이 자라나는 무덤처럼 조금씩 솟아오르고 있었다.

열 번째 초인종을 눌렀다. 안에서는 여전히 기척이 없었다. 긴팔이 무오를 쳐다보고 고개를 끄덕이자 무오가 만능키를 이용해서 문을 땄다.

현관에서는 주방이 바로 맞은편에 보였는데, 남자 혼자 사는 집치고 주방은 꽤나 깨끗했다. 접시들이 가지런하게 놓여 있는 찬장과 식탁 위에 개수대까지 마치 사람이 한 번도 사용한 적이 없는 것처럼 깔끔하게 정리되어 있었다.

현관 옆 방문을 열자 방 한가득 라면박스와 비닐로 쌓인 생수병들이 가득 쌓아 올려져 있었다. 한눈에도 그게 식량창고라는 걸 알 수 있었다. 생수도 라면박스도 모두 개봉되지 않은 새 것이었다. 박스 위에는 먼지가 쌓여 있었고, 라면박스가 창문을 가리고 있어 햇볕조차 들어오지 않았다. 환기조차 제대로 되지 않아 쿰쿰한 냄새가 났다.

베란다에는 한눈에 보아도 꽤 고급스러운 거라는 걸 알 수 있는 전문 망원경이 있었다. 창문에는 검은색 셀로판지를 붙여 놓았다. 망원경의 렌즈가 향하고 있는 쪽으로만 유일하게 원형 모양의 구멍이 뚫려 있었다. 무오는 망원경의 접안렌즈에 눈을 갖다댔다. 눈앞에 나타난 건 아파트 입구였다. 배율이 상당해서 바로 눈앞에 있는 것처럼 자세히 볼 수 있었다.

베란다 구석에는 작은 밥상이 세워져 있었다. 빈 사발면 그릇이 차곡차곡 쌓여 있고 비닐봉지 안에는 붉은 물이 든 나무 젓가락이 있었다. 그 옆에 휴대용 버너와 거뭇하게 그을음이 올라온 스테인리스 주전자도 놓여 있었다.

무오는 다시 주방으로 갔다. 언뜻 지나칠 때에는 깔끔하게 정리된 것으로 보이던 주방은 가까이서 보니 휑뎅그렁하고 서늘한 느낌을 주었다. 오랫동안 사람의 손이 닿지 않아 찬장에는 먼지가 쌓여 있었다. 싱크대 안쪽의 거름망은 물기가 전혀 없이 바싹 말라 있었다. 무오는 거름망을 내려놓고 거실로 갔다.

거실 장식장의 한가운데 놓인 TV 화면에도 뽀얗게 먼지가 올라앉아 있었다. 거실 한가운데 가족사진이 걸려 있었다. 부모가 입고 있는 옷차림은 이십 년 전쯤 유행하던 것이어서 사진은 꽤 오래전에 찍은 거라는 걸 알 수 있었다. 확실하지는 않지만 아마 가장 오른쪽에 고등학교 교복을 입고 있는 남학생이 도트일 것이었다. 도트는 둥글납작형의 아버지보다 갸름한 어머니 쪽의 얼굴을 닮았고 반면 도트의 왼쪽에 있는 형은 아버지와 닮은 모습이었다.

긴팔이 한숨을 내쉬더니 주위를 두리번거렸다. 침실 구석에 걸린 옷걸이에 걸린 점퍼를 꺼내어 주머니를 뒤졌다. 주머니 안에서 구깃구깃한 영주증과 라이터 몇 개가 나왔다. 긴팔은 구겨진 영수증을 펼쳐 몇 장 읽어보더니 바닥에 던졌다.

"다 동네 슈퍼 영수증이야. 소주 두 병이랑 참치 캔 하나. 나 가자."

긴팔은 손목시계를 들여다봤다.

"슈퍼에 간 시간도 매번 똑같아. 정신을 놓아도 성실한 사람은 계속 성실한 건가."

긴팔의 농담이 쓸쓸하게 들렸다. 무오는 귤이 든 비닐봉지를 식탁 위에 올려놓고 침실 쪽으로 돌아섰다.

방문이 살짝 열려 있었다. 꽤 널찍한 방이었는데 옷장과 침대만 덩그러니 놓여 있었다. 무오는 싱글 침대 위에 덮어둔 이불 안에 뭔가 불룩하게 솟아 올라와 있는 것을 봤다. 그것이 사람의 형태를 닮았다고 생각했을 때 무오는 자기도 모르게 침실 안으로 들어가고 있었다.

무오가 침대 위에서 불룩한 것을 내려다봤다. 그 불룩한 것은 부동의 자세로 여전히 누워 있었다.

천천히 이불을 걷어냈다.

침대 위에 누워 있는 것은 사람의 형태를 닮도록 뭉쳐놓은 옷더미였다. 스웨터와 면 셔츠, 수건 같은 것들이 사람의 몸집만 한 부피를 이룬 채 붉은 끈으로 꽁꽁 묶여 있었다. 꽤나 심혈을 기울여 만든 듯했다. 어깨 부분을 부풀리고 허리는 잘록하게 들어가도록 힘을 주어 묶었다. 인체의 굴곡을 만들려고 애쓴 흔적이 보였다. 하지만 차분하지 못하고 끈 사이로 옷가지를 억지로 쑤셔넣은 것으로 보아서는 만드는 순간의 급하고 초조한 마음을 알 수 있었다.

긴팔이 무오의 옆에 와서 섰다. 둘이 나란히 서서 한동안 그 옷더미 인형을 멍하니 바라봤다. 긴팔이 침묵을 깨고 입을 열었다.

"이게 뭐야?"

무오가 고개를 저었다. 긴팔의 얼굴이 천천히 굳어가기 시작하더니 찰흙 동상처럼 딱딱하게 표정을 잃어버렸다.

"야, 이 새끼들아."

어디에선가 도트가 튀어나왔다. 도트는 긴팔에게 달려들었다. 무오는 카메라를 꺼내 녹화 버튼을 눌렀다. 얼굴이 벌게진 도트가 긴팔의 목을 조르고 있었다. 두 눈에 살기가 가득했다. 도트의 옷은 피투성이었고, 다시 보니까 얼굴과 목, 팔에도 붉은 얼룩이 들러붙어 있었다. 그건 긴팔의 피가 아니었다. 무오는 그게 무슨 일인지 모르지만, 아주 안 좋은 일이 있었다는 걸 알았다. 무오는 덜덜 떨리는 손으로 렌즈의 초점을 맞췄다.

긴팔은 가끔 몸을 피하고 반항할 뿐 도트가 덤벼드는 대로 가만히 있었다. 도트가 긴팔의 몸 위에 올라타 얼굴을 향해 계속 주먹을 내리찍었다.

"이 새끼, 이 개새끼야."

도트는 개새끼, 개새끼, 울부짖듯이 외치며 긴팔의 얼굴을 정신없이 두들겼다. 긴팔은 다 포기한 듯 누워서 맞기만 했다. 긴팔은 차라리 편안해 보였다. 처음 만났을 때보다, 장례식장에서보다, 좀 전보다, 이제까지 본 중에 가장 마음이 나은 상태로 보였다. 무오는 그 마음을 알 것 같았다.

두 사람이 엉겨붙어 바닥을 굴렀다. 무오는 숨을 고르며 도트의 얼굴이 잘 나오는 방향으로 카메라를 돌렸다.

휘두르는 주먹이 서서히 헛맞기 시작했다. 당장 긴팔이 주먹을 날리면 도트는 그대로 나가떨어질 것 같았다. 도트는 이제 더 주먹을 쓸 힘도 없고 마지막 남은 힘을 욕을 하는 데 다 쏟고 있었다. 그대로 내버려두면 일이 분 안에 제 풀에 쓰러질 것처럼 보였다. 힘없이 내민 도트의 팔이 마침내 허공에서 나뭇가지 부러지듯 뚝 떨어지고, 옷가지로 만든 인형보다 힘이 없어 보이는 몸뚱이가 바닥에 천천히 드러누웠다.

11
내가 이상한 사람처럼 보입니까

“반응이 아주 폭발적이야. 히야, 어떻게 그런 생각을 다 했지? 기대한 거 이상이다. 수위실에서 수위라, 이건 뭐 하나 아쉬운 지점도 없이 아주 제대로네.”

이부의 호들갑에 무오는 어찌할 바를 몰랐다. 전에는 일절 그러는 일이 없더니 문까지 마중을 나와 무오를 반겼다. 이부는 들떠서 계속 칭찬을 늘어놓는데 무오는 어안이 벙벙해 뭐라고 대답을 해야 할지 몰랐다.

“무오 네 아이디어야, 아니면 긴팔이 생각해냈냐?”

그게 뭔진 모르지만 분명 어제와는 다른 상황이 발생한 게 분명했다. 무오는 영문을 모른 채 아니요, 그게 아니라, 말끝을 흐리면서 머리만 긁적거렸다.

무오는 슬그머니 주머니 안에 손을 집어넣고 이부에게 돌려

줄 소형 카메라를 만지작거렸다. 그 안에 담긴 것이 아무것도 없다는 사실을 어떻게 말해야 하나, 이 생각만 하면서 남의 몸뚱이를 끌고 오듯 억지로 사무실까지 왔다. 이제까지 해왔던 모든 일이 허사가 되었다는 것을, 돌연한 상황이 발생해 계획한 일이 어그러진 게 아니라 무오 스스로의 손으로 그렇게 했다는 걸 이부에게 어떻게 설명할 수 있을지 막막했다.

"그런데 얼굴이 왜 그 모양이야?"

이부가 그제야 무오의 얼굴에 난 상처를 보고 한마디 했다. 얼굴에 난 상처는 아무것도 아니다. 오른쪽 갈비뼈 부근이 아직도 욱신거렸다. 긴팔의 얼굴이 자꾸만 떠올랐다. 씩씩거리는 숨소리와 험악한 표정과 무오를 경멸하듯 쏘아보는 눈빛이 머릿속에서 지워지지 않았다.

어제 도트의 영상을 찍고 나서 두 사람은 도망치듯 차에 올랐다. 긴팔이 운전대를 잡고 무오가 조수석에 앉았다. 무오의 무릎 위에서 카메라가 덜덜 떨리고 있었다. 무오가 힐끗힐끗 긴팔의 눈치를 살폈다. 도트에게 얻어맞은 긴팔의 얼굴이 점점 부어오르고 있었다.

"무오 씨는 어디쯤 내려드리면 되나?"

긴팔의 목소리는 담담했다.

"메모리카드는 무오 씨가 갖고 있다가 실장님한테 전달하면 되겠네요. 막내가 아프다고 해서 집으로 바로 들어가보려고요.

무오 씨도 집으로 갑니까? 아니면 사무실?"

무오가 긴팔의 얼굴을 빤히 들여다봤다.

"왜요? 피 많이 납니까?"

긴팔이 셔츠 소매로 입가를 닦아내며 물었다.

"아이는 어디가 아프다는데요?"

"열이 좀 있나봐요."

대단한 건 아니고, 라고 덧붙이는 긴팔의 낯빛이 잠깐 어두워졌다. 무오는 고개를 끄덕거렸다.

"그나저나 이제 무오 씨하고도 마지막이네요."

"그렇네요."

잠꼬대를 하듯 중얼거리고 무오는 창밖을 바라봤다.

무오는 자기가 뭘 잘못 생각하고 있는지 곰곰이 생각해봤다. 긴팔은 마치 어제 쌓아 올리다 만 돌담의 마지막 단을 다 완성했다는 듯 굴고, 무오는 그런 긴팔을 아무래도 이해할 수 없었다. 배신한 뒤에는 죄책감이 뒤따르는 것이라고 생각했다. 딱히 죄책감이 아니더라도 이대로 헤어지는 것은 뭔가 아니라고 생각했다. 그 뭔가가 뭐냐고 묻는다면 딱히 답할 말은 없었지만 제 아이 걱정에만 여념이 없는 긴팔이 야속하고 이해가 안 갔다. 무오의 머릿속을 꿰뚫어 보고 있다는 듯 긴팔이 물었다.

"왜요? 내가 이상한 사람처럼 보입니까?"

창밖을 바라보던 무오가 화가 난 듯 긴팔을 노려봤다.

"나한텐 그쪽이 이상해 보여요."

무오 쪽에서 답이 없자 긴팔이 말을 이었다.

"내가 나 죽일 놈이지 않느냐고 벽에 머리라도 박으면 그쪽 마음이 좀 시원할 것 같아요? 나는요, 같이 일을 진행해놓고 자기는 아니라는 듯 나는 너랑 다르다는 듯 구는 무오 씨가 더 이상해 보여. 칼로 찔러놓고 아프지 않냐고 눈물 글썽이면 죽은 놈이 다시 살아난답니까?"

긴팔이 거울에 얼굴을 비춰 턱에 묻은 핏자국을 문질러 지웠다. 마치 잇새에 낀 고춧가루를 떼어내는 듯 무심한 몸짓이었다. 긴팔이 충고하듯 무오에게 말했다.

"누가 더 이상한 사람인지 잘 생각해봐요."

반성도 후회도 모르는 인간. 무오는 고개를 돌려 창밖을 바라보는 척했다.

"안 그런가요?"

긴팔이 계속 말을 걸었다.

제발 그 입을 다물어줬으면 좋겠다고 무오는 생각했다. 대꾸하고 싶지도 않았다.

"그런 표정을 짓고 있으려면 지금 내 옆에 앉아서 얌전히 가면 안 되지."

긴팔이 타이르듯 말했다. 그런 태도가 마음에 들지 않아 무오도 결국 폭발하고 말았다.

"그럼 뭘 어떻게 합니까? 내가 뭘 할 수 있는데요?"

마치 그들의 대화가 듣기 싫다는 듯 뒤차가 클랙슨을 울렸다.

긴팔이 차를 출발했다.

"정말 이러면 안 된다고 생각한다면 할 일이 왜 없겠습니까?"

긴팔의 말이 맞았다. 무오는 도트에게 미리 귀띔을 해서 상황에 휘말리는 것을 막아볼 수도 있었고 아까 가겟집에서 긴팔을 뜯어말릴 수도 있었고 영상을 찍지 않을 수도 있었다. 그게 아니면 지금 당장이라도 그 카메라를 저 강에 던져버리면 되었다.

무오가 무릎 위에 올려놓은 카메라를 바라보고 차창 밖 도로를 가로지르는 강으로 고개를 돌렸다. 무오가 카메라를 집어들자 긴팔이 무오를 놀란 듯 쳐다봤다.

"뭐 하는 겁니까?"

긴팔의 목소리가 날카로웠다. 무오가 카메라를 집어들고 전원 버튼을 눌러 영상을 재생시켰다. 긴팔이 인상을 찌푸렸다.

"그거 끕시다."

무오가 못 들은 척하니 긴팔이 카메라를 빼앗아 들고 전원을 눌러 껐다. 긴팔은 카메라를 핸들 옆 사물함에 내려놓았다.

무오는 차창 밖을 바라보다가 다시 카메라를 집어들고 전원을 켰다.

긴팔이 신경질이 가득찬 눈빛으로 무오를 쏘아봤다.

"조용히 가자고."

긴팔의 목소리에 가시가 돋쳐 있다.

무오가 카메라를 향해 손을 뻗는다. 무오는 카메라의 볼륨을 높인다.

'이 새끼이, 이 개애새끼야, 할 일이 그렇게나 없어서 동료들 뒤통수를 쳐어.'

도트의 울부짖는 소리가 귀를 쟁쟁 울렸다.

긴팔이 무오를 돌아봤다. 긴팔의 얼굴이 발갛게 달아올라 있다. 무오도 질세라 긴팔을 노려봤다.

"무오 씨 이러는 게 다 무슨 소용이냐고? 내 말 진짜 못 알아들어서 이래?"

무오는 무슨 생각에선지 다시 카메라를 쳐다보고 볼륨 버튼을 높인다. 도트의 목소리가 좀 전보다 더 커진다.

긴팔이 무오의 손에서 카메라를 낚아챘다. 긴팔이 볼륨 버튼에 손을 대려는 순간 무오가 긴팔의 손에서 다시 카메라를 빼앗아 들었다. 긴팔이 무오를 차 문 쪽으로 밀었다. 무오의 머리가 차창에 부딪치며 카메라가 매트 위로 떨어진다.

"에이, 씨이발."

무오가 머리를 부딪쳤는데 욕은 긴팔이 한다. 긴팔이 다시는 무오 쪽을 돌아보고 싶지 않다는 듯 고개를 돌리고 운전에 열중한다.

무오가 바닥에 떨어진 카메라를 집어든다. 무오는 메뉴 화면을 불러오고 도트의 폭행 장면이 담긴 파일을 클릭한다. 무오는 영상 삭제 버튼을 누른다. 경쾌한 기계음과 함께 파일이 사라진다. 파일이 삭제되었다는 문구가 파인더 화면에 나타나자 무오가 짧은 한숨을 내쉰다. 마치 가슴팍에 꽂혀 있던 활이라도 뽑힌 듯 무오의 어깨가 편안해진다. 그러고 나서는 자기도 자기가 무슨 일을 저질렀는지 모른다는 듯 순한 얼굴로 창을 바라본다.

옆자리가 잠잠해지자 긴팔이 무오를 돌아본다. 긴팔의 얼굴에 갑자기 당혹감이 서린다. 긴팔은 무오에게서 카메라를 빼앗아 들고 메뉴창을 연다. 그러나 파일명이 없는 빈 목록만을 확인할 수 있을 뿐이다. 긴팔은 목록을 열었다가 닫기를 자꾸만 반복한다. 도트를 화나게 하고 주먹질하게 하고 욕하게 하고 마침내 바닥에 드러눕게 한 이 모든 일들이 한순간에 눈앞에서 사라져버린 것이 믿기지 않는다는 듯 그의 손가락이 버튼을 누르고 또 누른다. 마침내 긴팔의 손에서 카메라가 떨어져나가고 단단히 쥔 주먹이 무오의 얼굴 위로 날아든다.

이부는 콧노래를 부르며 경쾌한 발걸음으로 책상에 옮겨 앉았다. 이부의 얼굴은 그 어느 때보다 상쾌하고 몸놀림은 가뿐해 보였다.

이부가 모니터에 시선을 두고 의자에 뒤로 기대앉아 연신 감탄을 했다.

"다시 봐도 명작이다."

스피커에서 툭툭 젖은 옷을 터는 소리 같기도 하고 묵직한 것이 바닥에 떨어지는 것 같기도 한 소리가 흘러나왔다. 그 소리 사이로 거친 호흡 소리도 뿜어져나왔다. 무오는 황급히 소파에서 일어나 이부의 자리 쪽으로 걸어갔다.

소화기를 든 남자가 바닥에 누운 남자를 흠씬 두들겨 패고 있었다. 작은 사무실처럼 보였는데 자세히 보니 수위실 안 같았다. 얻어맞고 있는 남자는 나이가 지긋한 수위였다. 그는 반항하는 기색도 없이 땅바닥에 들러붙어 있었다. 숨소리가 점점 더 거칠어지면서 남자는 소화기를 내리찍고 있었다. 바닥에 엎드린 수위는 꼼짝도 하지 않았다. 남자는 화가 난다는 듯 소리를 지르고 욕을 하며 시체처럼 누워 있는 그를 짓밟기 시작했다. 소화기를 다시 집어든 남자가 상체를 일으켰을 때, 눈은 시뻘겋게 핏발이 서고 얼굴은 퉁퉁 부어 있었지만 그 얼굴은 누가 봐도 분명 도트였다.

화면 구석에 불그스름한 둥근 모양은 손가락이 렌즈에 눌려 만든 형태였다. 동영상을 찍은 솜씨는 서툴렀다. 화면은 뿌옇고 각도는 내내 흔들리고 있었다. 전문 기기가 아니라 핸드폰의 동영상 촬영 기능을 사용한 것 같았다. 받침대 없이 손으로 들고 찍은 모양이었다.

긴팔과 무오가 찍은 동영상이 아니었다. 당연하다. 영상은 분명히 어제 무오가 자기 손으로 삭제했으니까. 그렇다면 이건 뭘까. 도트는 왜 여기서 누군지도 모를 사람을 이토록 무자비하게 때리고 있는 걸까. 피해자는 거의 죽어가는 것처럼 보였다. 저항할 힘은 전혀 없어 보였고 도트는 이성을 잃은 듯 보여서 상대가 어떤 상황인지 파악할 정신도 없는 듯했다.

"근데 석 팀장은 왜 아직 안 나타나?"

이부가 벽시계를 힐끗 보더니 중얼거렸다. 이부의 목소리에 무오는 그제야 정신이 들었다.

"전화해볼까요?"

"아니, 됐어. 좀처럼 지각하는 일이 없는 친군데 모처럼 늦잠 좀 자나 보지. 무오 너, 뭐 먹고 싶은 거 있냐?"

기분이 좋은 이부는 한없이 너그러운 얼굴을 하고 있었다. 이부는 선심쓰듯 긴팔을 더 기다려보자고 한다.

"이따 긴팔 오면 점심을 아주 거하게 먹자고."

이부가 콧노래를 부르며 책상 위를 정리하기 시작했다.

"게임은 이제 완전 클리어하게 끝나버렸고, 이번엔 월급 외에도 통장 두둑하게 들어갈 거다. 다큐 방송이 나가면서 그쪽이 동정표를 좀 얻은 모양인데, 그걸 한 방에 다 무너뜨려버렸지 뭐야. 하룻밤 사이에 조회 수가 2만이야. 내가 십 분 전에 확인했는데 그사이에 5백이 늘었어. 애들 시켜서 나른 것도 아닌데 지금 여기저기서 링크 걸고 댓글 달고 난리가 났어요, 아주 난리가 났어."

무오는 제 핸드폰으로 다시 영상을 보았다. 동영상을 올린 이의 아이디가 긴팔의 것이 아니라는 것을 확인하고, 영상이 올라온 것이 어제 오전이라는 것을 발견했다. 이부도 그걸 발견하지 못한 모양인데 다행이라고 해야 할지 알 수 없었다. 그러니까 이 영상은 무오와 긴팔이 도트를 찍기 전에 찍은 것이었다. 무오는 그 사실을 어떻게 받아들여야 할지 몰랐다. 화장실에 다녀오겠다고 말한 뒤 일단 사무실을 나왔다.

뒤통수를 얻어맞은 듯한 기분이었다. 자기가 본 게 도트가 맞나. 정말 그 사람인가. 메모리를 지우고 긴팔과 싸운 건 왜였나. 무오는 속았다고 생각했다. 속았다. 도트에게 속았다. 저런 자를 동정할 이유가 없었다. 존경할 이유도 없었다. 저자는 두 개의 얼굴로 사람들을 속이며 마치 정의의 사도처럼 굴었다. 저런 자에게는 자신의 권리를 주장할 권리가 없다. 무오는 핸드폰을 꺼내다가 다시 주머니에 쑤셔넣었다.

다시 사무실에 들어갔을 때 이부는 뒷주머니에 손을 찔러넣은 채 창가 앞에 서 있었다.

"이제 봄이네. 볕이 이렇게 좋은 날에는 나가서 햇볕도 쏘이고 바람 냄새도 맡고 좀 그래야 되는데, 으응?"

햇볕 아래서 기분 좋게 눈살을 찌푸리고 있던 이부가 몸을 홱 돌렸다.

"고수부지 생각 나?"

이부가 무오더러 함께 일을 하자고 했던 날을 무오는 선명히 기억하고 있었다. 그날 이부가 해준 얘기들과 이부의 들뜬 어깨와 쏟아놓았던 말들을 죄다 기억하고 있었다. 그날 무오는 조금 설레였었다. 택배 말고도 자기가 뭔가 다른 일을 할 수 있게 된다고 생각하니 설레기도 했고 이부의 말이 길어지는 걸로 봐서는 그게 남들 앞에 당당하게 말할 수 있는 일은 아닐 거라는 생각에 겁도 났다. 실로 목을 조르느니 어쩌니 해서 누굴 죽이는 일일지도 모른다고 생각했고 아무리 돈을 많이 줘도 그건 거절해야 된다고도 생각했었다.

처음엔 일이 쉬웠다. 미행을 하는 게 전부였다. 이부가 지정해주는 사람 뒤를 졸졸 쫓아다니며 위치만 확인해서 보내는 게 전부였다. 그러다 조금씩 일이 덧붙었다. 마치 살이 찌듯이. 살이 쪘듯이. 조금씩 들러붙기 시작해서 나중에는 사람을 차로 들이받았고 직접 한 짓은 아니지만 여럿을 때려눕히고 철창신세를 지게 했다.

강이 왼쪽으로 흐르냐, 오른쪽으로 흐르냐?

무오는 어딘가 머리를 세게 부딪친 기분이 들었다. 그게 언제였더라. 땀이 기분 좋게 들러붙으며 느슨한 바람결이 얼굴을 만지고 지나갔다. 그날의 공기가 되살아났다. 그날 이부가 사준 고기. 사이다는 달았다. 사이다니까. 무오는 생각했다. 배가 부른 데도 얻어먹는 거니까 배를 불리려고 더 많이 입에 넣었던 게 기억났다. 다른 사람들처럼 돗자리를 펴고 눕고 싶었는데 그 말을 못 꺼내고 이부의 장광설을 듣기만 하다가 어느새 해가 지고 고수부지가 어둑해졌었다. 그때가 여름이었으니까 벌써 일 년이 지났다.

이부는 그때보다 더 젊어 보였고 무오도 딱히 달라진 것은 없는데 그런 날을 다시 돌이킬 수 없을 것 같다. 뭐가 그렇게 달라졌지? 왼쪽으로 흐르냐, 오른쪽으로 흐르냐, 라고 묻던 이부가 무오의 눈에는 똑똑해 보였다. 이부는 전에 한 번도 안 해본 생각을 하고 들어본 적 없는 말을 했다. 세상에 대해서 그렇게 자신 있게 말하는 사람을 무오는 전에 본 적이 없었다. 그런데 이젠 이부가 전처럼 똑똑해 보이지 않는다.

그렇다고 전처럼 이부가 밉지도 않다. 이부가 그냥 평범해 보인다. 그래서 무섭다. 이부가 무서운 게 아니라 자기가. 무오 자신이 무섭다.

"왼쪽이에요, 형."

무오도 목소리를 높였다. 이부가 고개를 돌려 무오를 바라보다 피식 웃었다.

"이 새끼가 강도 한 번 안 쳐다보고 잘도 말하네."

"강이잖아요."

"으응?"

"강이 바다도 아니고 밀물 썰물이 있겠습니까. 강물인데 한 쪽으로 흘러가는 거 아닙니까."

"말발 늘었다, 이 새끼야."

들릴 듯 말 듯 나직한 소리로 이부가 중얼거렸다. 어쩐지 이부의 어깨가 좁고 몸집이 왜소하게 보였다. 무오는 갑자기 마음이 불안해졌다.

"형!"

할 말도 없으면서 괜히 이부를 부른다.

"그래. 형 여깄다."

"뭐 하나 물어봐도 됩니까?"

"뭔데?"

"왜 나였습니까?"

"뭐?"

"왜 날 데리고 나왔느냐고요."

이부가 허리를 꺾고 소리를 내 웃었다. 일부러 더 크게 웃음소리를 내는 게 무오의 눈에도 보였다.

"넌 항상 이상한 걸 궁금해한단 말이야."

"그게 왜요. 형이라면 궁금하지 않겠어요? 형이랑 그땐 서로 친한 사이도 아니었는데 왜 나였어요? 이유가 뭐였어요?"

이부가 다시 배를 쥐고 깔깔 웃었다. 무오는 표정의 변화가 없었다. 영문을 알 수 없다는 듯 이부를 쳐다보기만 했다. 이부가 고장난 로봇처럼 잠깐 멈춰 섰다가 다시 웃기 시작했다.

"왜 그래요? 왜 그렇게 웃는 겁니까?"

"무오야."

이부가 노래를 부르듯 무오의 이름을 불렀다.

"이래서 내가 너를 좋아해."

이부가 목덜미를 매만지며 아직 웃음기가 다 가시지 않은 얼굴로 중얼거렸다. 어찌나 많이 웃었는지 목이 좀 쉰 듯했다.

"내가 언제 나를 좋아하냐고 물었습니까?"

이부가 입을 다물고 무오의 얼굴을 빤히 쳐다보았다.

"그냥 그러는 거야."

이부는 눈도 깜빡이지 않고 무오를 봤다.

"그냥, 내가 너 좋다고."

이부의 표정에서 미소가 사라졌다.

"내가 왜 너 데리고 나왔는지 그게 궁금해?"

무오가 뒤로 한 발 물러섰다.

"궁금할 것도 많다, 이 새끼야."

이부가 코트 자락을 단단히 여몄다. 거센 바람이 무오의 머리를 겨냥한 듯 엉클어뜨리고 지나갔다.

"긴팔 아직 연락 없지?"

무오가 핸드폰을 꺼내려고 주머니를 뒤적거린다. 핸드폰을 꺼내기도 전에 이부가 먼저 입을 연다.

"그 새끼 안 나타난다는 데 한 표 건다."

이부가 코트 주머니 속에 손을 찔러넣으며 말했다.

무오는 갑자기 이부에게 사실대로 말하고 이부를 떠나고 싶어졌다. 그 동영상 내가 버렸다고. 내 손으로 지워버렸다고. 무오는 지금이 입을 열 때라고 생각했다.

"형."

무오가 이부를 불렀다.

이부가 고개를 돌려 무오를 보더니 피식 웃는다.

"왜?"

"있잖아요."

"됐어."

"네?"

"됐다고, 이 새끼야."

"뭐가 돼요, 되기는. 난 아직 안 됐어요."

"됐어, 이 새끼야. 내가 그것도 모를 것 같냐?"

"네?"

무오의 눈이 휘둥그레졌다.

"네가 날 너무 만만하게 봤어. 나도 그 정돈 알아. 그러니까 안 물어보는 거야. 왜 그랬냐고 안 물어본다. 알아보지도 않을 거야. 왠지 아냐? 몰라도 되니까. 그거 알아서 달라질 일이 없고 그거 몰라도 그 다음 할 일이 훤히 보이는데 뭘 물어?"

이부의 얼굴에 묘한 웃음이 스치고 지나간다.

"아무도 긴팔이 어디 갔는지, 어디 가서 처박혔는지 그리고 네가 왜 다 된 밥에 코빠뜨렸는지 같은 그런 건, 아무도, 그 누구도, 궁금해하지 않는다."

무오가 입을 다물었다.

"어제 일 완수되었다고 한 놈은 안 나타나고 나머지 한 놈은 저녁에 넘긴다는 파일 안 넘기고 아침에 죽상하고 기어들어왔으면 상황 빤한 거지 뭐."

무오는 말이 없다.

이부도 잠시 침묵한다.

"왜? 혼란스러워? 그럴 것 없어. 혼란이 뭐야? 그게 밥 먹여줘? 돈이 나와, 땅이 나와?"

이부가 우스운 개그가 생각난다는 듯 피식 웃었다.

"왜 너였냐고? 그런 건 안 중요하다. 중요한 거는 말이지, 네가 했는지 안 했는지, 할지 안 할지가, 그런 게 중요한 거지. 내가 노진에 삥이치러 들어갔을 거 같아? 내가 거기 들어간 건 일할 사람 찾으러였어, 그리고 내가 널 찍었어. 왜? 그게 내 일이니까."

이부가 잠깐 말을 멈췄다. 그의 얼굴에서 흐릿한 미소가 떠올랐다

"내가 하자고 했고 그리고 네가 한다고 했지. 그럼 된 거 아니겠냐. 네가 한다고 했으면, 그리고 네가 했으면."

이부가 마른 입술을 핥았다.

"근데 이번엔 니가 안 했어."

무오가 고개를 떨어뜨렸다.

"뭐 안 할 수도 있지. 니가 안 한 거야. 그럼 이제 나는 너한테 그 비슷한 일은 다신 안 시킨다. 난 머리가 그렇게 나쁜 사람은 아니거든. 그게 나의 유일한 장점이다."

이부가 씩 웃었다.

"안 했는데 어쩔 거야? 다른 일을 주면 되지. 간단해. 아주 간단하다고. 나는 네가 일을 더 할 거냐고 너한테 이 년 전에 그런 것처럼 물을 거다."

이부가 무오를 봤다. 무오는 어쩐지 이부의 눈을 똑바로 쳐다볼 수가 없었다.

"할 거냐? 하겠냐?"

이부가 웃으니까 무오는 어쩐지 더 마음이 무거웠다.

"제대로 된 건이 하나 들어왔어. 네가 싫다고만 하지 않으면 나는 널 계속 데리고 갈 생각이고."

이부가 알 수 없는 미소를 지었다.

“더 할래?”

무오가 꼼짝도 않고 가만히 서 있었다.

“할래, 안 할래?”

이부가 무오를 돌아봤다. 무오는 다른 대답이 떠오르지 않았다.

“돈 많이 줍니까?”

이부가 피식 웃었다.

“많이 주지, 아주 많이 준댄다.”

둘 사이에 침묵이 흘렀다.

“모르긴 몰라도 지금까지랑은 단위가 달라지지 싶다.”

무오가 천천히 고개를 끄덕였다.

“할래요.”

시꺼먼 강물이 먹빛을 띠고 꾸물거리며 흘러갔다. 마치 여러 마리의 지렁이들이 몸을 비비적거리며 꼬이고 뒤채며 서로의 살 속으로 파고드는 것 같았다. 강물은 어둠 속에서 가끔 달빛을 반사하면서 끊임없이 흘러갔다. 무오의 마음속에서도 그처럼 어둡고 짙고 검은 구정물이 꾸역꾸역 흘러가는 것 같았다. 입을 열면 당장이라도 그 검은 물이 왈칵 쏟아져나올 것 같아 무오는 턱이 아프도록 이를 악물었다.

12
돈 벌고 있다

"무오 너는 누가 제일 보고 싶냐?"

웅철이 가면 안쪽으로 손을 집어넣고 눈을 비비며 물었다. 공장부지의 가장 남쪽, 농성대원들이 숙소로 이용하고 있는 도장공장의 옥상에서는 매일 순번대로 대여섯 명씩 돌아가며 밤새 보초를 섰다. 새벽 세 시의 푸른 안개가 건물 꼭대기에 둥지라도 튼 듯 난간 주변을 둥글게 감싸 안고 있었고, 그 안쪽으로 당번을 서는 대원들이 모여 장작을 피우며 끊어질 듯 말 듯 이런저런 얘기를 나누고 있다. 매일 헬기가 떠 채증을 해갔기 때문에 얼굴을 노출시키지 않으려고 다들 가면을 쓰고 이마에서 코 바로 밑부분까지 얼굴을 반 이상 가리고 있었다.

무오는 파티용인지 연극용인지 모를 이 가면 덕을 톡톡히 봤다. 가면을 쓰니까 표정을 들킬 걱정이 없고 혹시 실수를 하더라도 누군지 바로 알아챌 수 없을 거라는 생각이 들어서 안심이 되었다. 얼굴만, 그것도 반절을 가렸을 뿐인데 자기가 무오라는 사실도 동시에 보이지 않게 된 것 같았다. 자신이 이부의 지시를 받고 투입된 용역이라는 사실을 의식하지 않게 되자 무오의 행동은 금세 자연스러워졌다. 무오는 농성대원처럼 말하고 농성대원처럼 행동할 수 있었다.

"아, 우리 딸내미가 보고 싶다."

웅철이 고개를 들고 푸르스름한 하늘을 향해 중얼거렸다.

"나는 우리 와이프. 나 내일이 결혼기념일이야. 여기서 이러고 있으면 안 되는데."

난간에 허리를 기대며 재열이 끼어들었다.

무오는 보고 싶은 사람이 없었다. 정말로 그랬다. 그래도 그렇게 말하기는 싫어서 무오는 어머니요, 어머니가 보고 싶어요, 라고 대답했다. 세상 사람 모두에게 어머니가 있고 어머니가 그립다고 하면 이상하게 볼 사람은 없을 테니까, 그렇게 말하면 아무 문제가 없을 것 같아서 일단 그렇게 대답했다. 그런데 그렇게 말하고 나니까 진짜로 어머니가 보고 싶어졌다. 한 달에 한 번 정도 집에 찾아와서 방을 치우고 반찬을 두고 가던 어머니. 보고 싶어도 어차피 볼 수 없으니까 더 이상 보고 싶다는 생각도 들지 않았던 어머니. 이혼을 하고도 정기적으로 찾아와 너무 오랫동안 아버지를 헛갈리게 했던 어머니. 잊을 만하면 나타나 어머니 행세를 하는 어머니가 무오는 마치 자기를 놀리는 것 같다고 느꼈다. 그 어머니가 갑자기 보고 싶었다. 한 번도 보고 싶다는 마음을 품지 않았는데 갑자기 어머니가 보고 싶어진 마음이 당황스러워서 무오는 질문을 던진 웅철의 뒤통수를 말없이 노려봤다.

"그래, 다들 돌아가자. 돌아가. 돌아가서 딸내미도 보고 마누라도 보고 엄마도 만나야지. 돌아가자."

아무도 대답이 없었다. 돌아간다면 어떤 식으로 돌아가게 되는 걸까, 하는 생각들을 하고 있었을 것이다. 자신이 벌인 일이지만 그 끝은 좀처럼 상상할 수가 없었다. 매일 사람이 아팠다. 다쳤다. 먹는 것, 씻는 것, 자는 것, 싸는 것, 그 어떤 것도 제대로 할 수 있는 게 하나도 없었다. 언제까지 이렇게 버틸 수 있을지도 몰랐다. 그래서였을 것이다. 차라리 다른 얘기를 하는 것이 마음 편했다. 우리는 어떻게 될까, 의문을 갖고 있지 않은 사람은 아마 한 명도 없었겠지만 누구도 그런 얘기를 꺼내지 않았다. 우리는, 남은 사람들은 어떻게 되는 걸까? 그렇게 묻는 대신 사람들은 지금 먹고 싶은 게 뭔지 물었다. 그리고 소주니 삼겹살이니, 쫄면이니 라는 식의 대답을 했다. 그게 정말 지금 가장 궁금한 것처럼, 그게 정말 지금 가장 알고 싶다는 듯이 묻고 곰곰이 생각을 한 다음에 진지하게 대답했다.

주머니에 넣어둔 핸드폰에서 수신음이 들렸다. 무오는 주머니에 손을 넣었다가 빈손을 꺼냈다. 이부가 보낸 메시지일 것이다. 굳이 지금 확인하고 싶지 않았다. 이부가 연락을 해올 때를 제외하면 무오는 그들과 하나가 된 듯했다. 공장에 들어오기 전, 불과 칠십 일 전까지 이부와 있었던 모든 일들이 간밤에 꾼 나쁜 꿈처럼 느껴졌다.

교대인원이 올라와 오전 열 시에 전체회의가 잡혔다는 얘기를 전했다. 협상이 있을 거라고 했다. 협상조약에 대해서 전체 조합원들의 얘기를 수합하는 자리가 될 거라고 말하는 박의 목소리가 떨렸다. 정말 돌아가게 되는 건가. 다시 회사로. 집으로. 박의 얼굴에 가볍게 경련이 일었다.

"다음주 수요일이래. 21일. 돌아가게 된다."

무오는 동료들과 함께 비상구를 빠져나오다가 화장실로 들어가 변기 뚜껑을 내리고 그 위에 앉았다. 핸드폰을 꺼내 메시지창을 열었다.

'21일 수요일 오후 두 시 진압예정. 20일 자정에 당번 장부 수정하고 21일 오후 두 시 오 분에 옥상 4b-a 지점에서 헬기 탑승.'

흥분한 박의 얼굴, 박의 얘기를 듣고 눈을 감고 기도하듯 손을 마주 잡은 사람, 고개를 돌리고 눈가를 훔치던 사람, 옆사람의 어깨를 끌어안던 사람, 사람들의 얼굴이 떠올랐다. 속이 미식거려 '진압예정'이라는 글자에서 눈을 돌렸다. 그 글자를 보고 있으면 진압예정이라는 말이 사실로 굳어져버리는 것 같아서 더 쳐다볼 수가 없었다.

무슨 이유에서인지 전체회의는 오후 두 시로 미뤄졌다. 한 시 반쯤부터 검은색 잠바를 입은 농성대원들이 숙소 건물에서 삼삼오오 짝을 이루어 이동하기 시작했다. 도장공장을 지나 회의장소인 조립공장 앞마당을 향해 걷고 있었다. 다른 날보다 사람들의 어깨가 가벼워 보였다. 약간의 설레임도 느껴졌다. 무오도 무리 사이에 끼어 걸었다. 가볍게 들뜬 분위기 속에서 무오만 혼자서 발걸음이 무거웠다.

탑은 하늘로 치솟은 나선형의 굴곡을 그리고 있는 거대한 볼트의 모양이었다. 탑의 앞쪽으로 연단이 세워졌고 스피커가 설치됐다. 무오는 무대를 설치하는 사람들에게 괜히 화가 났다. 그들의 부산스러운 움직임도 저희들끼리 이야기를 나누며 웃음을 주고받는 모습에도 속이 뒤집어지는 것 같았다,

지부장이 마이크를 잡았다. 그는 테이저건을 무릎에 맞고 발을 절었다. 제대로 치료를 받을 방도가 없어서 의무실의 진통제와 소염제로 버티는 중이었다. 몸이 성치 못한 것은 지부장뿐만이 아니었다. 그 정도로 엄살을 피울 상황이 아니었다. 더 나쁜 상황에 처한 대원들도 많았다. 지병을 이기지 못해서 미안하다고 울면서 공장을 나가는 사람도 꽤 되었다.

드디어 회사와의 협상이 이루어지게 되었다고 입을 여는 지

부장의 목소리가 우렁찼다. 농성대원들의 눈빛이 빛났다. 다들 왜 자기가 이곳에 있어야 하는 건지 무얼 잘못했길래 칠십 일 동안 이런 감옥에 갇혀 있어야 하는 건지 억울하고 분할 때가 많았다. 그만두고 공장을 나서고 싶은 마음이 굴뚝같을 때도 있었다. 이번에는 열여섯 명이 빠져나갔대. 이번에는 스무 명이래, 하는 식으로 짐을 싸서 울타리 밖으로 나가는 사람들의 수가 늘어나고 있다는 얘기를 들을 때마다 어쩌면 자신도 그들처럼 냉정하게 판단을 내려야 하는 건 아닌가 하는 생각으로 머릿속이 복잡했다. 협상을 앞두었다는 소식에 사람들은 마음을 가다듬고 모처럼 환한 낯빛으로 곧 전해질 내용에 귀를 귀울였다.

지부장은 지난주부터 회사 측에서 협상 제의가 들어왔으며 오늘 오전에 최종 날짜와 시간이 확정되었다고 말했다. 주요 논의사항은 해고 조정으로 현재 발표된 정리해고자의 비율을 7:3에서 6:4로 조정해내겠다고 했다. 사람들이 웅성거리기 시작했다. 다들 6에 자신이 포함되지 않을지도 모른다는 사실이 두려웠을 것이다. 누군가 손을 들었다.

4에 속하는 자들이 누가 될 것인지 물었다. 지부장이라고 그걸 알 리 없었다. 분위기가 순식간에 숙연해졌다. 분란을 일으키는 것이 무오의 역할이었고, 역할을 발휘할 아주 좋은 타이밍이었다.

무오가 손을 들었다.

"모리 소속이 아닌 비정규직원들도 복직자에 포함됩니까? 정규직도 전원 복직이 불가능한 상황이라면 비정규직이 계속 파업에 참여해야 하는 건지 아닌지도 모르겠고 불안하지 않겠습니까?"

지부장이 입을 꾹 다물었다. 그는 잠시 망설이다 고개를 들었다. 질문자를 보는 대신 하늘을 쳐다보고 말했다.

"여기 있는 모두가 복직된다고 말씀드리지 못해 저도 미안합니다. 하지만 제가 할 수 있는 한 최대한 물러서지 않고 우리의 요구를 전달하겠습니다. 최선을 다하겠습니다. 동지 여러분 힘을 잃지 맙시다."

기적이 일어날까 의심하면서도 한편으로는 실오라기 같은 희망을 붙잡고 있던 농성대원들의 얼굴에 수심이 가득했다. 가까이 앉은 이들끼리 토론이 시작되었다. 무오는 반점과 나란히 앉았다. 반점은 무오의 눈치를 살폈다. 무오는 주먹을 쥐고 바닥을 툭툭 힘없이 내리쳤다.

"비정규 쪽을 완전히 제외하진 않을 거야. 난 그렇게 생각해."

반점이 무오의 어깨 위에 손을 올렸다. 무오가 고개를 천천히 흔들었다. 반점이 생각한 이유는 아니었지만 무오는 이들 중 가장 심난한 표정을 짓고 있었다. 오전에 이부에게 연락을 받은 이후로 무오는 쭉 한 가지 생각을 하고 있었다. 협상이 아니라 침탈이라는 것 말이다. 그런 속도 모르고 반점은 무오를 위로했다.

"지부장도 뭘 약속할 수 있는 상황이 아니니까. 그렇게 말할 수밖에 없었을 거야."

반점이 무오의 옆에 바싹 붙어 앉았다. 가뜩이나 작고 마른 몸이 오늘따라 더 여위어 보였다.

"서운하지?"

"그런 거 아니고."

무오가 조용히 일어나 마당을 벗어났다. '협상 발표 끝나고 개별토론 중. 한 시간 내 종결 예상.' 이부에게 문자를 보낸 뒤 무오는 울타리 안쪽으로 난 작은 산책길을 따라 걸으며 만일 자기가 침탈 사실을 알린다고 해도 크게 달라질 건 아무것도 없다고 생각했다.

뒷산으로 이어지는 언덕배기를 따라 올라갔다. 거기서 내려다보면 공장부지는 하나의 작은 마을처럼 보였는데, 실제로도 이 울타리를 벗어나지 않고도 생활이 가능할 정도로 모든 시설이 완벽하게 갖추어져 있었다. 공장부지는 도합 천 평이 넘었고 바깥 세계와는 별개로 완전한 하나의 작은 세계를 이루고 있었다. 동쪽에는 차체 a, b, c동, 가운데에는 조립 a, b동, 남쪽에는 용접공장과 도장공장, 북쪽에는 조합 사무실이 있는 건물이 있었다. 산에 인접한 서쪽 건물은 기숙사 건물로 조합 사무실로 이용하고 있었다.

건물의 옥상마다 길다란 플래카드가 매달려 있었다. '공장의 주인은 우리다'라고 쓰인 파란색 글씨가 쉬지 않고 몸을 흔들었다. 벽에는 붉은 페인트로 '함께 살자'나, '이겨서 나간다' 같은 구호들이 적힌 손글씨가 도배되어 있었다. 무오는 그 플래카드들이 나부끼는 모습을 넋놓고 바라보았다. 오래 들여다보고 있으면 그 글자들이 마음에 새겨지는 것 같았다. 그런 문장들을 마음에 품게 될 줄은 몰랐다.

고작 칠십 일을 이곳에서 지냈을 뿐인데 어느새 여기가 세상의 전부같이 느껴졌다. 울타리 밖에는 아무것도 없을 것 같았다. 밖에서 스무 해를 훨씬 넘게 지냈고 공장에 들어온 지는 이제 칠십 일째인데 바깥이 잘 상상이 안 되었다. 이곳을 나간다는 건 실감이 나지 않았다. 무오는 염려했던 것보다 아주 잘 적응했다. 너무 적응을 잘해서 가끔은 자기가 진짜 농성대의 일원이라고 착각할 정도로. 무오는 동료들에게 죄책감을 느꼈다. 이부에게 상황을 보고할 때마다 그들을 배신하는 기분이 들었다. 무오는 자신이 농성대에 소속되었다고 느꼈다. 그건 이부에게 느끼는 고마움과는 다른 종류의 것이었다.

공장에 들어오기 전 이부는 이부답지 않게 아주 간단히 할 일을 설명했다. 길게 설명할 수도 있지만 자세히 알아서 도움이 될 게 없다며, 무오는 공장 안에 들어가서 그저 그들과 뒤섞여 농성을 하면 된다고 했다.

“의심받게 되지는 않을까요?”

이제 무오도 어지간한 노조원들 얼굴은 대충 익혀 무리들 틈에 끼어 자연스럽게 행동할 수 있을 정도는 되었지만 아무래도 24시간 내내 함께 생활하다 보면 그쪽에서도 수상한 점을 발견하게 되지 않을까 하는 걱정이었다.

“의심받겠지.”

이부가 무심하게 대답했다.

“의심받으러 들어가는 건데 의심받아야지.”

무오의 눈이 둥그레지자 이부는 안심하라는 듯 무오의 등을 쓸었다. 이부의 두툼하고 뻣뻣한 손바닥이 얇은 면셔츠를 쓸어내리자 무오는 어쩐지 마음이 편해졌다. 이부는 더 이상 노진에서 알던, 일은 못하면서 말만 많은 천덕꾸러기가 아니었다.

“의심하면 그냥 의심받으면 돼. 의심받아서 긴장되면 긴장하면 되고, 생각해봐, 너가 거기 들어가서 마땅히 나쁜 일 한 게 없잖아. 한 일이라고는 같이 점거농성에 참여한 것뿐인데 사람들한테 눈총받는 게 억울하다는 생각이 들지 않겠냐. 또 억울한 듯이 있으면 되는 거고. 사람이란 꼭 말로만 대화를 주고받는 게 아니니까, 니가 무슨 마음을 품든 그냥 자연스럽게 최대한 자연스럽게 있으면 돼. 그게 니 역할이다.”

이부가 흡족한 미소를 지었다.

"무오 너, 모리에 왜 들어가냐?"

"……"

"대답 못할 게 뭐 있어? 돈 벌러 들어가는 거지. 내가 널 위해 공장에 들어가자고 하는 것도 아니고, 너가 날 위해 공장에 들어가는 것도 아니야. 나도 이 짓 해서 밥 먹고 사는 거고 너도 그거 해서 밥 먹고 사는 거지, 뭐 별거 있나. 대부분의 사람들이 돈 때문에 움직이지. 꼭두새벽부터 오밤중까지 돈 벌어서 먹고 살겠다고 대전에서 서울 올라오고 인천에서 광주 내려가고."

이부가 한숨을 쉬었다.

"돈 벌고 있다, 그렇게 생각하고 칠십 일만 꾹 참아. 나오면 내가 그 보상은 톡톡히 해준다."

무오는 '대부분의 사람들은 돈 때문에 움직이지'라는 문장이 마음에 걸렸다. 그 대부분의 사람들에 자신이 속한다고 생각하니까 어쩐지 자존심이 상했다. 하지만 그건 거부할 수 없는 사실이기도 했다. 돈으로는 움직일 수 없는 사람이 될 수 있다면 좋았겠지만 그렇지 않으니 그렇지 않은 사람으로 사는 수밖에 없었다.

'돈을 벌고 있다.'

무오는 그렇게 중얼거려보았다. 이부가 하라는 대로 하는 것. 이런 것을 다른 사람들은 믿음이라고 부르는 걸까, 하고 생각했다. 사람들이 신앙을 가지는 이유를 어렴풋이 알 것 같았다. 궁금해하지 않는 것. 나 대신 다른 사람이 알고 있으니까 나는 몰라도 되는 것. 이런 것이 아마 신앙인가보다, 하고 생각했다. 하지만 그렇다면 이부가 신이 되는 건가. 그건 어쩐지 내키지 않았다. 이부가 신이라면 이부에게 연락이 올 때마다 이토록 달갑지 않은 기분이 들 리 없다. 정리되지 않은 생각이 머릿속을 오갔다. 무오는 화선지 조각처럼 얇은 낮달을 올려다봤다.

'착각하지 말자. 나는 농성을 하고 있는 것이 아니라 돈을 벌고 있다.'

다시 한 번 그렇게 중얼거렸다. 자꾸만 헛갈렸다. 자기가 농성대의 일원이라는 생각이 들었다. 착각 속에서 무오는 진짜 금아기획에서 일을 했고 불시에 해고를 당했고 복직을 위해 동료들과 함께 싸우고 있었다. 무오는 그들이 사용하는 말투를 조금씩 닮아가고 행동거지도 비슷해지고 있었다. 자기가 싸우는 사람이라는 기분에 도취되기도 했고, 실제로 헬기에서 최루액 봉지를 떨어뜨릴 때는 진짜로 격분해서 새총을 쏘아댔다. 자신이 자기 옆에 있는 이들과 같다고 느꼈다. 실제로 그들과 함께 눈물을 흘렸고 그들과 함께 웃었다. 대체 뭐가 다르단 말인가.

"무오야."

반점의 목소리가 무오를 불렀다. 반점은 작은 참새처럼 짧은 보폭으로 뛰어와 무오의 옆에 나란히 섰다.

"무오야."

"응."

반점이 크게 숨을 들이쉬고 재빨리 말을 뱉었다.

"너 이쯤에서 그만 빠지자."

예상외의 얘기에 무오는 뭐라고 대답을 해야 할지 몰랐다.

"그만 돌아가자. 그게 좋겠어."

무오가 천천히 고개를 돌려 반점의 얼굴을 바라보았다. 반점은 화가 난 것도 같고 당장이라도 울음을 터뜨릴 것도 같았다. 얼굴이 발갛게 달아올랐고 무오 쪽으로는 전혀 시선을 주지 않으면서 계속 말했다.

"그만 돌아가. 여기서 나가. 안 될 것 같아. 네 자리가 없을 것 같다고. 그러니까 그만 여기서 나가."

반점이 고개를 떨어뜨렸다. 무오의 고개도 떨어졌다.

"이겨야 돌아간다."

멀리 광장에서 농성대가 구호를 외쳤다. 구호가 반점의 입을 막았다. 이제 주먹 쥔 손을 치켜드는 것도 구호 끝에 투쟁을 붙이는 것도 모두 자연스러웠다. 투쟁가를 따라 부를 때는 심장이 두근거렸다. 담배를 피우거나 울타리 밖의 고층 건물들을 바라보다가 자기도 모르게 투쟁가를 웅얼거리다가 깜짝 놀란 적도 있었다. 이렇게 쉽게 예전의 자신을 잊어버릴 수가 있다는 것이 놀라울 정도였다.

"이겨야 돌아간다."

무오는 호흡을 가다듬고 지부장이 외치는 구호를 따라 외쳤다. 무오는 누구에게인지 모를 화를 누르고 구호를 따라했다. 눈물을 참고 반점을 노려봤다. 무오는 이제 알았다. 두 달 넘게 함께 생활하면서 무오가 알게 된 것은 투쟁하는 이들이 왜 목에 핏줄이 서고 얼굴이 벌게지도록 소리를 높이는지였다. 울분을 참느라고. 약한 마음을 들키면 안 되니까. 다른 많은 사람들 앞에서 눈물이 나올까봐, 힘들다고 다 그만두고 싶다고 말하게 될까봐, 그래서였다. 무오는 이를 앙다물고 손을 꽉 쥐었다. 이들의 우렁찬 외침이 확신에 찬 의지로 들릴 때로 돌아가고 싶었다.

13
세시

숙소로 이용하고 있는 삼 층 도안실, 다닥다닥 붙어서 번데기처럼 웅크리고 잠든 사람들의 모습은 거대한 무덤 같았다. 이불 위에 비닐을 뒤집어쓰고 자도 팔다리에 마비가 올 정도로 혹독한 날씨였다. 찐쌀에 소금으로 간을 하고 김가루를 묻혀 만든 주먹밥에 라면스프를 뿌려 먹으며 버틴 지 벌써 두 달이 훨씬 지났다. 물과 전기가 끊긴 지는 한 달이 지났다. 지쳐 잠든 사람들의 얼굴마다 하얗게 버짐이 피어올라 있었다.

무오는 잠바를 두 개 껴입고 지하식당으로 내려갔다. 양동이 가득 물을 받아 끓이고 김이 담긴 봉투를 뜯었다. 지하식당의 분위기는 활기에 차 있었다. 협상이 있는 날이니까 특별히 단무지를 풀기로 했다며 담당은 시큰한 식초 물에서 절인 무를 꺼냈다. 활기라고 표현하기에는 좀 애매했다. 회사에서 농성대의 요구사항을 들어줄 지에 대해서 확신할 수는 없었으니까. 그래도 애써 희망을 붙들어보고자 다들 즐거운 양 웃고 있었기 때문에 지하실은 반쯤은 들뜨고 반쯤은 아슬아슬한, 묘한 분위기였다. 무오는 대야에 밥을 풀다가 무심코 시계를 확인하고 그대로 주저앉아버렸다. 두 시에 진압이 있을 거라고 했으니 이제 일곱 시간 후면 다 끝장이었다.

식은땀으로 온몸이 축축하고 배가 아팠다. 비닐장갑을 벗지도 못하고 머리를 싸쥔 채 몸을 웅크렸다.

"무오야 왜 그래? 갑자기 어지러워? 머리가 아파?"

반점이 무오 옆에 다가가 쪼그리고 앉은 채로 물었지만 무오는 묵묵부답으로 꼼짝도 하지 않았다. 죽은 듯 숨도 쉬지 않는 것처럼 보였다.

"왜 그래? 말을 못하겠어?"

"아니야."

무오가 고개를 처박은 채 겨우 대답했다.

"몸이 많이 안 좋은 것 같은데?"

"아니라고."

반점이 더 말을 시키면 자기가 무슨 말을 할지 몰라 무오는 입술을 물었다.

"고개 좀 들어봐."

반점이 무오의 머리 위에 손을 얹자 무오가 반점의 팔을 뿌리쳤다.

"그냥 좀 두래도!"

무오는 괜히 반점에게 신경질을 부리고는 식당을 뛰쳐나갔다. 영문을 모르는 반점은 멍하니 무오의 뒷모습만 바라보고 서 있었다.

"저 새끼 왜 저래."

단무지에 고춧가루를 뿌리던 담당이 물었다.

"무슨 일이 있을 것 같아요."

반점이 담당에게는 들리지 않을 만큼 작은 목소리로 중얼거렸다. 담당이 양동이 안의 단무지를 버무리기 시작했다.

무오가 노조 사무실이 있는 기숙사 건물에 자신이 서 있다는 걸 깨달은 것은 서 씨 때문이었다. 사무실 문이 열리며 서 씨가 얼굴을 내밀고 무오를 불렀다.

"무슨 일이래, 무오가? 오늘 당번인가?"

무오의 얼굴이 화끈거렸다. 대답은 얼버무린 채 고개를 푹 숙이고 돌아섰다. 계단을 내려가고 긴 복도를 걸었다. 자기가 왜 그러는지 알지 못한 채로 건물 안을 휘젓다가 다시 발이 멈춘 곳은 노조 사무실 앞이었다. 문틈에서 지부장의 목소리가 흘러나왔을 때 무오는 그제야 자기가 왜 거기에 있는지를 깨달았다.

지부장에게 말하러 왔다. 협상은 없다고. 협상 대신 침탈이 있을 거라고. 지금 이럴 때가 아니라 옥상으로 인원을 모두 배치해야 한다고. 그렇게 한다고 해도 한 시간도 버티기 힘들 거라고. 협상이 아니라 전쟁을 준비해야 한다고. 오늘 이곳이 침탈된다고. 다들 끌려간다고……

무엇을 원하는가.

무오는 스스로에게 물었다. 침탈을 막고 싶은 건가. 그것이 가능하다면 그럴지도 모르겠다. 하지만 지금 이 이야기를 지부장에게 전한다고 해서 침탈이 일어나지 않는 것도 아니고 막을 수 있을 것 같지도 않다. 협상만 기다리다가 급작스럽게 당하는 것보다는 낫겠지만 결과가 크게 달라질 일은 없을 것이다. 그렇다면 무얼 원하고 있는 건가. 왜 이 말을 하고 싶은 걸까. 단순히 배신자가 되고 싶지 않은 건가. 하지만 이들을 배신하지 않으려면 자신이 배신자라는 걸 먼저 알려야 한다. 그걸 원하는 걸까. 무오는 고개를 저었다. 그럼 대체 뭘 하고 싶은 건가. 네가 원하는 것이 무엇인가.

무오는 눈물이 날 것 같아서 자신의 뺨을 세게 때렸다.

진짜가 되고 싶다.

그게 무오의 진심이었다. 농성장의 이들에게 신의를 지키고 싶은 것이, 지부장을 일깨워 대책을 마련하는 것이 아니었다. 그래서 상황이 바뀔 거라고 믿는 것이 아니었다. 진짜가 되고 싶었다. 진짜로 이들 중 하나가 되는 것. 이들과 다르지 않은 농성대원이 되는 것. 여기에 속하는 것. 온전히 속하는 것. 이들과 다른 점 없이 섞이는 것. 그것을 원했다.

그것 때문에 이부를 배신하겠다는 생각을 하다니, 허무해서 웃음이 나왔다. 자기 마음을 알고 나니까 어이가 없고 속이 상했다.

하지만 그것을 원했다. 자신이 무언가를 원한다는 것을, 그게 무엇인지를, 처음으로 정확하게 알 수 있었다.

무오가 사무실 문고리에 손을 올려놓았을 때 누군가의 손이 무오의 손목을 잡아챘다. 무오는 뒤를 돌아보지 않고도 그게 반점의 손이라는 걸 알았다.

"여긴 무슨 일이야?"

무오가 나머지 한 손을 꽉 쥐고 뒤로 숨겼다.

"너는 무슨 일인데?"

무오가 반점의 시선을 피했다.

"이쯤에서 그만둬."

반점의 목소리에는 아무 감정이 담겨 있지 않았다.

"뭘 그만둬? 무슨 소리 하는 거야?"

무오의 목소리가 떨렸다.

"전에도 말했잖아. 아무리 협상이 잘된다고 해도 금아 문제까진 해결되지 않을 것 같다고. 기억 안 나? 돌아가. 돌아가, 무오야. 이쯤에서 그만해."

반점의 목소리는 아주 부드럽고 다정했다. 하지만 무오를 어르는 듯한 목소리와 달리 그의 눈은 다른 얘기를 하고 있었다. 반점의 눈에는 아무런 정서가 담겨 있지 않았다. 침착해지려고 노력하고 있는 듯 불규칙적으로 어깨가 떨렸다. 무오는 반점이 화가 나 있다고 느꼈고, 그 화를 누르기 위해 거의 모든 힘을 쓰고 있는 것처럼 보인다고 생각했다.

무오는 무엇이 반점을 그토록 화나게 한 건지 알고 싶었다. 반점과 자신이 완전히 다른 처지에 있었지만 그래도 반점은 무오가 이곳에서 처음으로 사귄 친구였다. 물론 반점을 대하는 무오의 태도에는 일관성이 없었고, 때로는 그를 수단으로 대한 적도 있었지만, 누군가와 함께일 때 가장 즐거웠다면 그건 반점이었다.

무오는 고개를 끄덕였다.

"그럴게. 그만할게."

무오는 방금 전에 고개를 끄덕였다는 것을 잊은 듯 다시 고개를 끄덕였다.

"돌아가겠어."

무오는 아무리 고개를 끄덕여도 그게 받아들여지지 않는다는 듯 계속해서 고개를 끄덕였다. 무오는 시계를 봤다. 정오가 조금 지난 시간이었다. 이제 두 시간밖에 남지 않았다. 무오가 그 말을 하기로 한 것은, 어쩌면 반점이 무오더러 떠나라고 말했기 때문일지도 모른다. 반점의 눈빛에서 무오에 대한 의심을 읽었기 때문인지도 모른다. 그저 그 순간을 견딜 수 없었기 때문인지도 모른다.

"오늘 협상은 없을 거래."

무오가 울먹이며 말했다.

"뭐?"

"협상이 없을 거라고."

반점의 얼굴이 딱딱하게 굳었다.

"무슨 소리 하는 거야?"

"회사 쪽에서 얘기한 건 거짓말이라고. 협상이고 뭐고 다 유언비어라고. 침탈한다고 했어. 이제 곧 싹쓸이 당할 거야. 두 시에 온다고 했어. 이제 두 시간 후면 다 끝장이야. 다 끝났다고."

반점이 고개를 돌렸다. 그는 돌아서서 오른손을 가슴팍에 올리고 호흡을 가다듬은 뒤에 무오에게 가까이 붙어 섰다.

"김무오. 네 의도가 뭐야?"

반점의 얼굴에 화가 난 기색이 역력했다. 무오가 반점의 어깨를 흔들었다.

"곧 다 잡혀갈 거라니까."

"무슨 짓을 더 하고 싶어서 이러는 거냐고?"

"협상이 아니라, 협상은 거짓말이고, 침탈을 할 거라는……"

반점이 무오의 말을 막았다.

"야, 김무오."

반점이 무오를 노려봤다.

"우리가 정말 친구 맞아? 우리가 동지야?"

무오의 가슴이 쿵쿵 뛰기 시작했다. 반점의 얼굴에 저녁 바다에 석양이 드리워지듯 쓸쓸한 기운이 들어찼다. 반점이 무오를 경멸하듯 쳐다봤다.

반점이 어깨에서 무오의 손을 거둬냈다.

"언제까지 우릴 속일 수 있다고 생각했어? 그저께 네가 밖으로 보낸 메시지랑 밖에서 너에게 보낸 메시지가 잡혔어."

무오는 갑자기 정신이 드는 것 같았다. 부끄러웠다. 무대 위의 설치된 소품들을 들어내고 배우들은 모두 의상을 벗고 화장을 지웠는데 저 혼자서 계속 연기를 하고 있는 셈이었다. 얼굴이 뜨거워지고 등에서 땀이 났다.

무오는 감상에서 완전히 벗어났다. 눈앞의 사물들이 초점을 되찾고 선명해졌다. 복도의 공기는 좀 전보다 쌀쌀했고 반점은 무오가 팔을 뻗으면 닿을 곳에 서 있었는 데도 그들 주변의 공기는 서로 뒤섞이지 않았다. 갑자기 이 공간 전체가 다르게 보였다. 여기에는 아무런 분위기가 없었다. 반점의 얼굴도 마찬가지였다. 반점이 말을 계속했다. 무오는 왼손으로 자기 입을 틀어막았다.

무오는 무슨 말을 해야 할지 몰랐다. 자기가 다 잊어버린 공장 바깥의 일들을 반점은 알고 있다고 말했다. 무오가 열심히 잊어버린 그 일들을 알게 되었다고 했다. 무오가 나쁜 꿈이었다고 생각하고 지워버린 그 일들을 기억하는 누군가가 지금 바로 무오의 앞에 서 있었다.

수치스러웠다.

"그러니까 내가 어제 그렇게 말할 때, 돌아갔어야 했어, 너는."

반점의 목소리가 점점 더 커졌다. 그는 거의 소리를 지르고 있었다.

"너를 내보낼 수 있었어. 우리는. 사람들한테 말하고 개새끼로 만들어버릴 수도 있었어. 너는 개새끼니까. 하지만 그렇게 하지 않은 건……"

더 듣고 싶지 않았다. 도망치고 싶었다. 무오가 뒤를 돌았을 때 반점이 무오를 붙잡았다.

"그렇게 하지 않은 건, 너 때문이 아니야. 우리 때문에 그랬어. 그렇게 했을 때 상황이 더 나빠질 거니까. 네가 용역이라는 게 밝혀진다면 네가 지금 우리한테 하는 일들보다 더 큰 파장이 생길 테니까. 그래서 그렇게 하지 않은 거야. 다들 이렇게 아프고 다치고 날이 서 있는 상황에서 네가 사 측 용역이라는 게 밝혀진다면 어떻게 될 거 같아?"

반점이 어깨를 떨었다.

"전에도 그런 일들이 있었어. 그런 일들이 많았어. 사실을 밝힌다면 많은 사람이 다칠 거야. 나도 지부장형도 이 일이 더 큰 다른 사건으로 이어지는 걸 원치 않아."

반점이 무오의 손목을 세게 쥐었다. 그게 무슨 뜻인지 무오는 알 수 없었다.

"넌 우리한테 칼을 쥐어준 거나 마찬가지야. 우린 널 죽일 수도 있었어. 하지만 우린 그 칼을 못 본 척한 거야."

반점이 숨을 헐떡였다.

"가라. 어서, 우린 너와 싸우지 않아."

무오의 무릎이 떨렸다. 무슨 말인가를 하려고 입을 열었지만 이번에는 턱이 덜덜 떨렸다.

"조용히 나가주세요. 그리고 다시는 나타나지 말아주세요. 김무오 씨, 우리, 여기 있는 사람들은 모든 걸 이 싸움에 다 걸었습니다. 우린 정말 여기에 다 걸었어요. 자기뿐만 아니라 그 가족들까지도요. 다 걸었어요. 전부를 걸었습니다."

무오는 반점이 자기에게 존댓말을 하는 걸, 무오야, 가 아니라 김무오 씨, 라고 부르는 걸 견딜 수 없었다. 더 참을 수 없어 팔을 끌어당겼다. 하지만 반점은 무오의 팔을 놓지 않았다.

"당신들이 우리들 얼굴을 알고 있는 것처럼 우리도 당신들 얼굴 알고 있어요. 내가 착각을 할 정도로 얼굴이 낯선 걸 보면 이 일 시작한 지 오래된 것 같지 않은데, 우리가 다른 곳에서 또 보지 않게 되기를 바랍니다."

반점의 얼굴이 흐릿해지며 이부의 목소리가 들렸다.

'의심받으러 들어가는 건데 의심받아야지 뭐,
그게 니 역할이다.'

이제 분명히 알았다.

자기가 한 일이 뭔지. 무슨 일을 한 건지를. 농성대원 틈에서 함께 생활하며 의심받을 짓을 하고 의심받고 그리고 제일 마지막에는 자신의 정체를 들키는 것, 그래서 분란을 일으키는 것. 그것은 폭력사건이 될 수도 있었고 살인사건이 될 수도 있었다.

반점은 사무실 안으로 들어가고 무오는 건물을 빠져나왔다. 헬기가 도착하려면 삼십 분 정도 시간이 남아 있었다. 잠시 숨을 고르고 마음을 다스릴 시간이 필요했다. 무오는 건물 뒤의 언덕으로 올라가 울타리를 따라 걷고 또 걸었다.

일단 이곳에서 나가고 보자. 이곳에서 나가면 다시는 이 도시에서 얼씬도 하지 않겠다. 반점은 물론이고 이부와도 완전히 관계를 끊겠다. 굶어죽는 한이 있어도 다시는 이런 짓을 하지 않겠다. 이러다 내가 누군지도 모르게 되고 말 것이다. 몸뚱이만 살아 있으면 뭘 하나. 자신이 누군지도 모르게 되어버린다면 그건 사람도 아니다.

무오는 땅을 내딛는 발에 힘을 더 주어 속력을 냈다.

언덕에서 내려와 역할 분담 내용을 확인하는 제2관리실로 향했다. 서류에 적힌 옥상 경비 당번의 이름을 바꿔 적고 나면 이제 공장 안에서의 임무는 완전히 끝난 거나 다름없었다. 어두운 계단과 복도를 지나 일 층 제일 안쪽의 사무실에 도착했다. 만능키로 열쇠를 열고 들어가 문 옆 벽에 걸어둔 경비담당 일지를 꺼냈다. 제일 윗면에 2012년 2월의 초소 담당자의 이름이 적혀 있었다. 서류의 제일 윗장을 뜯어냈다. 그리고 아무것도 적혀 있지 않은 새 서류를 꺼내 제일 위에 올려놓았다. 볼펜을 잡은 손이 떨렸다. 무오는 손바닥에 밴 땀을 바지에 문질러 닦은 뒤에 볼펜을 다시 쥐고 옥상, 각 건물의 초입, 숙소의 정문과 후문, 출입구를 지키는 담당자의 이름을 옮겨 적었다. 이름을 적을 때마다 사람들의 얼굴이 머릿속을 스치고 지나갔다.

'그만해.'

반점의 목소리가 어디선가 들린 것 같아서 무오는 뒤를 돌아보았다. 하지만 관리실 안은 조용했다. 보일러가 돌아가는 소리만이 쓸쓸하게 들려올 뿐 인기척은 없었다.

무오는 아래서 두 번째 줄 네 번째 칸에 자신의 이름을 적고 종이를 다시 파일에 끼워 넣었다. 한숨을 내쉴 여유도 없었다. 문을 다시 잠그고 복도를 걸어 내려갔다. 두 다리는 사라져버린 것처럼 힘이 빠졌고 가슴이 답답했다.

이곳을 나가면 제일 먼저 뭘 할까.

옥상에서 대원들과 경계근무를 설 때면 서로 나누던 질문을 자신에게 던졌다.

아무것도 떠오르는 게 없었다. 지난 이 년간 한 일은 이 일이 전부였고, 따로 친구를 만나거나 취미생활을 한 적이 없었다. 남들은 영화를 보고 볼링도 치고 한다는 것 같은데, 그런 데 도통 재미를 붙이지 못했다.

제일 먼저 뭘 먹고 싶지?

식성이 좋은 편이었지만 먹고 싶은 것조차 떠오르지 않았다. 입안이 잔뜩 말라 있었지만 물을 마시고 싶다는 생각도 들지 않았다.

누가 제일 보고 싶어?

아무도.

무오는 더 이상 질문을 던지지 않는 게 좋겠다고 생각했다. 시계를 확인했다. 십오 분이 남아 있었다.

한 시 오십 분쯤 옥상에 도착했다. 당번을 서고 있던 오에게 가서 당번표를 잘못 확인한 게 아니냐, 두 시부터 자기 순번이라고 말했다.

"그래?"

"응. 지금 막 확인하고 올라오는 길인데, 형 내일 거랑 헛갈린 거 아냐?"

오는 고개를 갸웃거리며 그런가, 라고 묻더니 별 의심 없이 계단을 내려갔다. 무오는 오가 서 있던 자리에 섰다. 얼굴 표정은 편안하게 지을 수 있었는데 다리가 후들거리는 건 멈출 수가 없었다.

곧 저지선들이 허물어질 것이고 모두 구치소 신세를 지게 될 것이다. 무오는 시간을 확인했다. 한 시 오십오 분. 이제 오 분이 남아 있었다.

무오는 옥상을 둘러봤다. 옥상은 에메랄드 색으로 페인트 칠을 해서 내리쬐는 햇볕을 눈이 부시도록 환하게 반사하고 있었다. 침탈에 대비해서 철근을 볏단처럼 엮어 만든 바리케이트를 이삼 미터 간격으로 하나씩 세워놓았는데 제 기능을 얼마나 할 수 있을지는 미지수였다. 합판을 세워 방패를 만들고 Y자 모양의 새총과 돌멩이들, 방패막이 구실을 할 합판들도 눈에 띄었다. 모두 하나같이 부실해 보였다. 밀려나는 데 삼십 분도 안 걸리겠어.

고작 오 분을 남겨두었을 뿐인데 옥상은 지나치게 평화로워 보였다.

오 분 후면 다 끝인 데도.

심지어 옥상은 한가하고 아름다워 보였다. 무오는 너무 긴장이 돼서 목이랑 등이 뻣뻣하게 굳기 시작했다. 영하의 날씨인데도 손바닥도 발바닥도 축축했다.

오 분이 한 시간은 되는 것 같았다. 시간은 상대적으로 흐른다는 말이 이런 건가 싶을 정도로 더디 흘렀다. 무오는 옥상을 한 바퀴 둘러보았다. 난간 주위를 빙 둘러서서 담소를 나누고 있는 대원들의 얼굴을 하나하나 바라보았다. 칼바람에 터서 하얗게 각질이 일어난 얼굴들은 웃을 때 더 깊은 주름을 만들었다. 무오에게는 그들이 웃는 표정이 얼굴을 찡그리는 것으로, 화가 난 것으로 보였다. 그들이 귀에 대고 뭐라고 속삭일 때 무오는 그게 어떤 누군가, 아니 자신에 대한 험담이 아닐까 하는 생각을 했다.

너무 긴장이 되니까 자꾸만 졸렸다. 겨울 햇볕이 시멘트 바닥 위로 떨어지며 날카롭게 부서졌다. 눈이 부셨다. 무오는 시멘트 벽을 짚고 자세를 고쳐 똑바로 섰다. 환하게 쏟아지는 햇볕처럼 자꾸 잠이 쏟아졌다. 바닥으로 시선을 떨어뜨렸을 때 무오의 이마에서 뭔가가 떨어져내렸다. 작고 축축하고 동그란 것이 바닥에 스며들었다. 무오는 이마를 쓸어올렸다. 머리카락이 완전히 젖어 있었다.

시간이 정지한 것 같았다. 잠들면 안 돼. 조금만 더 버텨. 처지는 눈꺼풀을 억지로 치켜뜨며 무오가 혼잣말을 했다. 두 시다. 침탈이야. 곧 헬기가 온다. 모든 게 끝난다고. 무오는 두려움에 떨면서 그렇게 중얼거렸다. 일 분도 더는 견디지 못하겠다고 생각했을 때, 무오는 문득 뭔가 잘못되었다는 깨달았다. 주위가 지나치게 조용했다. 무오는 휴대폰을 꺼내 시간을 확인했다.

세 시였다. ■

에필로그

수위는 이번 주 금요일까지 계좌에 입금을 하지 않으면 단전을 하겠다는 내용의 경고장이 담긴 누런 봉투를 1302호 우편함에 넣다가 멈췄다. 우편함 안쪽에 지난달 관리비 청구서를 포함한 최근 네 달간의 고지서가 그대로 있었다. 경고장을 우편함에 넣는다고 해도 1302호에 전달되지는 않을 것이 뻔했다. 물론 수위의 의무는 그 경고장을 1302호 거주자가 읽도록 하는 것이 아니라 경고장을 1302호의 우편함에 넣는 것까지였다. 그러나 짧은 순간 수위는 자신의 임무를 혼동했다. 그리고 그 사소한 판단 오류는 예상치 못한 엄청난 불행을 불러오고 말았다.

수위는 일단 수위실로 돌아가 인터폰을 이용해 1302호와의 소통을 시도했다. 그러나 연결이 되지 않았다. 수위는 누런 봉투를 다시 우편함에 꽂을까 생각도 해보았지만 동네 주민들이 종종 1302호에 사는 남자에 대해 얘기하는 걸 들은 터였고, 혼자 사는 그에 대해서 약간의 동지애를 느끼고 있었기에 포기하지 않았다. 수위 또한 작년에 아내와 이혼을 한 뒤 혼자 살고 있었던 것이다. 그는 그 첫해에 많은 실수를 했다. 그간 아내가 도맡아 하던 모든 일들을 서툴게 해결하며 놓친 일들 때문에 고생깨나 했던 것이다. 수위는 1302호 남자가 관리비를 내야 한다는 사실을 모르고 있다고 단정지었고 그에게 그 사실을 알려줄 의무가 자신에게 있다고 착각했다. 그의 얼굴을 보고 상황을 설명해주고, 만일 상황이 허락한다면 그에게 건네고 싶은 한마디도 있었다. 그 말은 '난 자네 심정을 아네'라는 네 어절로, 가끔 1302호 남자의 움츠러든 뒷모습을 보면서 마음에 담아두었던 문장이었다.

그는 다시 한 번 인터폰을 들고 1302호의 버튼을 눌렀다. 연결음이 이어지다가 끊겼는데 다시 연결을 시도해보았지만 이제는 신호조차 가지 않았다. 수위는 고개를 갸웃거리다가, 누런 봉투 위에 써 있는 '1302'라는 숫자를 다시 확인하고 마치 소중하게 준비한 축의금이라도 되는 듯 바지 주머니에 넣었다. 이번 달에도 관리비를 입금하지 않으면 더 이상 전기를 공급할 수 없다는 걸 그에게 직접 알리기로 했다.

그즈음 그에게는 모든 소리가 지나치게 크게 들렸다. 그게 언제부터였는지는 모른다. 사람들이 그의 눈빛이 예전 같지 않다고 말했을 때, 하루 종일 골조를 만들고 비닐을 덧씌워 천막을 쳤는데 그게 십 분 만에 불타버렸을 때, 그것도 아니면 아내가 더 이상 그와 함께 있는 것을 원하지 않는다고 말했을 때였나. 어쩌면 누군가 자동차에 탄 그를 받고 내빼었던 날부터였나. 언제부터인지 모르겠지만 더 이상 그는 옆에 누군가 가까이 있는 것이 즐겁지도 편안하지도 않았다. 혼자 있는 것도 힘들었지만 누군가와 함께 있을 때면 신경이 날카롭게 곤두서고 심장이 뛰는 속도가 빨라졌다.

그러던 것이 언젠가부터 혼자 있어도 마찬가지가 되었다. 그는 점점 더 멀리 있는 것에도 반응하기 시작했다. 안방 침대에 누워서도 누군가 복도의 어디쯤을 걷고 있는지를 느낄 수 있었다. 그리고 그 누군가가 그의 집 쪽으로 방향을 틀 때면 온몸이 뻣뻣해졌다. 낯선 발소리가 현관 앞을 지날 때는 속이 울렁거렸고 다시 그 소리가 멀어져 아무것도 들리지 않을 때까지 그는 자기도 모르게 주먹을 쥐고 씩씩거리고 있었다. 어떤 날에는 주방 싱크대 앞에 쪼그리고 앉아 식칼을 쥐고 있었다. 그때 그는 가만두지 않겠다, 더 이상은 가만두지 않겠다, 라고 중얼거렸는데 그게 누구에게 하는 소리인지, 뭘 가만두지 않겠다는 건지는 자기 자신도 몰랐다.

그날 밤에도 그는 잠들지 못했다. 단지 앞 도로를 지나가는 차들이 아스팔트를 달리는 소리가 마치 확성기를 귀에 대고 퍼붓듯 그를 깜짝깜짝 놀라게 했다. 그는 완전히 스트레스 상황이었고 신경은 곤두설 대로 곤두서 있었다. 바닥에 이불을 깔고 누웠지만 잠에 들 수 없었다. 복도를 지나가는 사람들의 구두굽 소리가 그를 흥분시켰다. 특히나 서너 명이 한꺼번에 복도를 지나갈 때마다 그는 언젠가 광장에서 목덜미를 잡힌 뒤 몽둥이 세례를 받던 날이 떠올라 등골이 으스스해지곤 했다. 그는 밤새 잠을 이루지 못했고 새벽이 되어 뿌연 햇빛 한 줌이 거실 바닥에 떨어지고 난 뒤에야 겨우 얕은 잠에 들 수 있었다.

안개처럼 가볍고 얕고 밀도가 고르지 않은 잠에 목이 찰랑찰랑 잠길 때 즈음 그를 깨운 건 인터폰 소리였다. 그 소리는 어느 유명한 서양인 작곡가의 피아노 소나타의 일부였는데, 그 아름다운 멜로디조차 그의 귀에는 위협적으로 들렸다. 겨우 잠잠해진 심장이 요동치기 시작했고 화가 난 그는 인터폰 수화기를 들어올렸다가 그대로 손에서 떨어뜨렸다. 수화기는 허공에 매달린 채 아주 조금씩 좌우로 흔들리다가 멈췄다. 그는 거실 소파에 누워 천천히 눈을 감았다. 엘리베이터가 작동하기 시작했다. 잠시 후 그의 층에서 엘리베이터의 문이 열렸고, 누군가 내렸다. 발소리는 점점 더 가까워지다가 정확히 그의 집 앞에서 멈췄다. 그는 보이지 않는 누군가 멱살을 확 잡아 끌어올리기라도 했다는 듯이 벌떡 일어났다. 발소리를 내지 않고 현관으로 걸어가 렌즈 구멍 가까이에 눈을 갖다댔을 때 그는 얼굴에 검버섯이 그득한 늙은 남자를 보았다. 처음에는 집을 잘못 찾은 이웃이라고 생각했으나 남자가 초인종을 지치지 않고 누르는 것으로 보아 자기에게 뭔가 볼일이 있는 사람임이 분명했다. 그는 이 남자를 전에 본 적이 있는지 기억을 더듬기 시작했다. 분명 어디선가 만난 적이 있는 사람 같았다. 무슨 사연으로 자신을 찾아온 이인지 고개를 갸웃거리며 그는 현관의 잠금장치 위에 손을 올렸다.

수위는 열심히 초인종을 눌렀지만 현관 안쪽에서는 기척이 없었다. 하지만 수위는 너무나 외로웠던 몇 년 전 자신의 모습을 떠올리며 끈기를 발휘했다. 대꾸가 없었지만 포기하지 않고 벨을 누르고 또 눌렀다. 십삼 층까지 올라올 때 이와 같은 상황을 예상한 것은 아니었다. 그는 턱수염이 덥수룩하고 소주 냄새를 풍기는 남자가 문을 벌컥 열고 귀찮은 듯 당신 누구요, 하는 눈으로 쏘아볼 것 정도를 상상했다. 그가 누런 봉투를 내밀며 관리비 연체에 대해서 설명하면 그 기세등등한 남자는 당장 뒤통수를 긁적이며 고개를 꾸벅 숙일 거였다. 수위는 그 장면을 떠올리자 기분이 조금 좋아졌다.

어쩌면 수위는 직업에 대한 소명의식보다는 누군가에게 도움이 되는 일을 하고 싶었던 건지도 모른다. 수위는 너무 오랫동안 타인으로부터 자신이 쓸모 있다는 시선을 받지 못했다. 택배상자를 찾거나 재활용품 쓰레기를 내다놓을 때마다 입주자들은 그를 마네킹 보듯 했다. 실은 수위를 쳐다도 보지 않는 사람이 더 많았다.

그러므로 이 누런 봉투를 건네주는 행위는 수위의 자존감 회복과도 관련이 있었다. 그래서 수위는 그렇게 필사적으로 벨을 눌러댔는지도 모른다. 수위는 마치 어린아이가 동전을 넣지 않고도 오락기 앞에서 떠나지 못하고 조이스틱을 움직이며 플라스틱 버튼을 눌러대는 것처럼 아무런 결과가 돌아오지 않았지만 그 일을 멈출 수 없었다. 하지만 수위는 자신이 그저 의무를 수행할 뿐이라고 생각했고 스스로가 지나치다고는 전혀 생각하지 못했다.

시간이 지나자 수위는 살짝 허기가 졌고 점심시간이 다가온다는 사실을 깨닫자 1302호 남자의 처지와, 과거의 자신과 동병상련에 처해 있는 가엾은 남자의 쓸쓸한 등을 바라보며 마음속에 품었던 문장이나 자신의 자존감 회복의 기회에 대해서는 모조리 잊었다. 수위는 아주 쉽고 간단하게, 아무런 절차도 거치지 않고 금세 마음을 돌릴 수 있었다. 가끔 손녀딸의 이름을 기억하지 못하듯이, 또 가끔 전처와 헤어졌다는 사실을 잊고 혼자 사는 집의 초인종을 누르듯이 1302호의 딱한 사정에 대해서 까맣게 잊을 수 있었다. 하지만 다시 수위실로 내려가려고 봉투를 주머니에 넣고 돌아섰을 때 수위는 현관문 안쪽에서 사람의 몸이 부딪는 소리를 들었고 마지막으로 한 번 더 벨을 누르는 아량을 베풀었다.

수줍은 아이가 손을 내밀듯 아주 천천히 1302호의 문이 열렸다. 열린 문틈으로 얼굴을 내민 1302호 남자가 무슨 일입니까, 라고 물었다. 남자의 몸에서 아지랑이가 피어오르듯 오래된 땀냄새가 났다. 수위는 살짝 코를 찡그리며 주머니를 뒤져 누런 봉투를 꺼냈다.

"선생님께선 지난달에도 지지난달에도 관리비를 내지 않으셨습니다."

"그런가요?"

남자는 피곤이 가득한 얼굴로 그러나 목소리에는 예의를 담아 물었다. 그는 관리비가 연체되었다는 사실을 모르고 있었던 것이 분명했다. 수위는 자기가 할 일을 스스로 찾아 일한 것이 뿌듯했다.

"이번 달에도 기한을 지키지 않으면 단전할 수밖에 없습니다."

"죄송합니다. 이번 달에는 꼭 입금하지요."

남자는 수위를 향해 고개를 숙여 인사하고 부드러운 목소리로 그렇게 말했다. 수위는 이제 수위실로 내려가 새로 생긴 밥

집에 얼른 전화를 걸어야겠다고 생각했다. 오늘 아침 출근길에 단지 앞 상가 미용실이 문을 닫고 부대찌개 집이 새로 생긴 것을 보고 전화번호까지 챙겨두었다.

"예, 알겠습니다."

남자는 수위의 예상과 달리 예의 바르고 담담했다. 수위는 1302호가 누런 봉투를 바지 주머니에 넣고 문을 닫으려고 할 때쯤 아쉬운 생각이 들어 좀 전까지 마음에 품었던 말을 슬그머니 내뱉었다.

"내 자네 마음을 다 알지."

대단한 감동을 불러일으킬 줄 알았던 그 말은 막상 내뱉고 나니 초라하게 느껴졌다. 수위는 약간 쑥스러움을 느꼈다. 수위의 생각에는 그 말을 들은 남자가 위안을 얻을 거라고 생각했지만 남자는 어쩐 일인지 눈을 동그랗게 떴다. 남자의 얼굴 거죽은 거칠했고 눈에는 핏발이 서 있었지만 수위의 돋보기는 수위실 책상 위에 있었다.

"뭐라고 하셨습니까?"

수위는 당황했다.

"아, 그건 나도 전에 선생님과 비슷한 일을 당한 적이 있어서……"

수위는 말끝을 흐렸다. 당황한 수위는 '자네'라는 단어를 재빨리 '선생님'으로 되돌려놓았다.

"저와 비슷한 일이라고요?"

남자의 부드러운 말투에 살짝 놀라움이 섞였다.

"무슨 일을 말씀하시는 겁니까?"

"그러니까, 그건…… 그러니까 이혼 말이오. 여자들이란 몇십 년을 안고 살아도 믿어선 안 될 종족이라니깐."

수위는 망설이다가 이혼이라는 말을 내뱉고 말았다.

"네에?"

1302호가 수위를 쏘아봤다.

"제가 이혼을 했다는 걸 어떻게 아셨는데요?"

"그건 뭐 그냥, 지나가면서 사람들이 하는 말을 주워들은 거지, 그냥 복도에서 사람들이……"

"복도에서 사람들이요? 그 사람들이 어떤 사람들입니까?"

수위는 자기가 예상하지 못한 방향으로 흐르는 대화가 마음에 들지 않았다. 수위는 남자가 자기에게 고마워할 줄 알았다. 왜 그렇게 생각했는지는 모르겠지만 그냥 젊은 시절의 자신은 누군가 자신의 심정에 공감해주기를 무척이나 원했던 것 같다. 그 시절의 자신이라면 누군가 나타나 네 마음을 알고 있다고 말해준다면 무척 위안이 되었을 거라고 생각했다. 그뿐이었다. 그러나 이 피곤한 기색이 역력한 남자는 자꾸만 별것 아닌 일에 대해 따져 묻고 있었다. 수위는 좀 귀찮아졌다. 만일 상대가 고마워하지 않는다면 굳이 손을 내밀고 싶은 생각은 없었다. 게다가 배도 고팠다.

"아무것도 아닙니다, 선생님. 날짜 꼭 지키십쇼."

서둘러 인사를 하고 뒤돌아 나오려는데 1302호의 손에서 누런 봉투가 툭 떨어졌다. 수위가 봉투를 주우려고 몸을 구부리자 1302호가 그를 세게 밀치고 복도를 내달리기 시작했다.

수위가 그의 질문에 대답을 하기 위해 그를 향해 좀 더 가까이 다가섰을 때, 곤색 바지를 입고 검은 목티에 스웨터를 걸치고 모자는 쓰지 않은 수위가 현관문 안쪽으로 들어섰을 때, 1302호는 갑자기 기분이 나빠졌다. 그는 수위가 좀 전과는 다른 눈길로 자신을 쳐다본다고 느꼈다. 또한 그 수위의 얼굴이 더 이상 어디선가 본 것 같지 않고 낯설다고 느꼈다. 그는 무슨 일인지 묻지 않고 먼저 문을 열어버린 것을 후회했다.

마음을 안다는 둥 여자를 믿어서는 안 된다는 둥 하는 허튼 소리를 늘어놓는 동안 수위는 시선을 아래쪽으로 향하고 있었는데, 그 모습은 그가 뭔가 숨기는 게 있다는 걸 알려주고 있었다. 그는 수위의 모습을 다시 살폈다. 그리고 사내가 입은 곤색 바지가, 이전에 다른 수위들이 입었던 것과 디자인과 색깔이 어딘가 다른 것을 알아봤다. 그가 예전에 수위실을 지키고 있던 남자와 똑같이 볼살이 늘어져 있고 그 남자와 비슷한 정도로 두피가 훤히 비치며 그 남자처럼 눈썹의 끄트머리가 하늘을 찌르고 있었지만 분명 다른 사람이었다. 그는 등에 식은땀이 배었다. 곤색 유니폼을 입고 수위 행세를 하고 있는 게 분명한 이 사내가 누군지는 몰랐지만 적어도 그가 수위가 아니라는 사실은 명백했다.

그는 남자가 몰래 자기를 뒤쫓고 있는 사 측 용역 중 하나일 거라고 생각했다. 어제 용역회사를 상대로 노조에서 제기한 재판의 1심에서 패했으니 이제는 아주 대놓고 그를 협박할 생각인지도 몰랐다. 그는 그들이 얼마나 포악한지를 알았으므로 다리에 힘이 쭉 빠졌다. 그는 자리에 주저앉고 싶었지만 꿈쩍도 않고 버텼다.

그를 세게 밀친 뒤에 재빨리 문을 닫아버릴까. 아니면 그를 집 안으로 들인 뒤에 한판붙을까. 상대가 나이도 많고 힘도 그리 세 보이지 않아서 그는 그런 생각도 해보았다. 하지만 그는 책잡힐 일을 하지 않는 게 좋겠다고 생각했고 일단 남자를 따돌리기로 했다. 그는 봉투를 바닥에 흘렸다. 남자가 상체를 낮추자 그는 힘껏 그를 밀었다. 그리고 비상구를 향해 달리기 시작했다.

"이봐요!"

부르는 소리를 듣지 못했는지 1302호는 뛰는 것을 멈추지 않았다. 수위는 노쇠한 몸을 일으키고 1302호의 뒤를 따라 뛰기 시작했다. 그가 비상구 문을 열고 계단을 내려가자 수위도 따라 계단을 내려갔다.

"저기요, 저!"

수위는 계속 그를 불렀다. 그러나 그는 뒤를 돌아보고 멈춰서는가 싶더니 수위와의 거리만 확인한 뒤에 좀 전보다 빠른 속도로 계단을 내려갔다. 마침내 로비가 나타나자 그는 더욱 속력을 내었다.

뒤이어 수위도 로비에 들어섰고 건물을 벗어나 그를 쫓아가다가 채 몇 미터 지나지 않아 포기했다. 그는 이 년 후면 일흔이었고 작년 이후로는 심폐력이 눈에 띄게 줄어들었다. 수위일로 근근이 용돈을 버는 것을 대단한 축복이라 여기고 있었고 가끔 대형 폐기물을 버리는 입주자들에게 푼돈을 받고 그 일을 대신 해주는 일을 낙으로 삼고 있었다. 수위는 그에게 1302호의 관리비가 석 달이나 밀려 있고 이달 말까지 입금을 하지 않으면 단전할 수밖에 없다는 얘기를 하려고 했을 뿐이었다. 그가 왜 자신을 보고 얼굴에 경련을 일으켰는지, 왜 그토록 빠르게 뛰어나갔는지 알 리 없었다. 수위는 잠시 궁금해하기는 했지만 그냥 뒤돌아 수위실로 돌아갔다. 그는 부대찌개 집에 전화를 걸어 식사를 주문한 뒤 주머니에서 구겨지고 모서리 부분이 좀 찢긴 누런 봉투를 꺼내 우편함에 쑤셔 넣고 돌아왔다.

"그래서 사람은 혼자 지내면 안 돼. 일을 하고 있는 것을 다행으로 여겨야지."

그렇게 중얼거리고는 이내 그 일을 잊었다. 수위는 1302호 남자가 지나치게 곤두서 있다는 것조차 느끼지 못했다. 그에게서 나는 술냄새도 맡지 못했고, 시력이 심하게 떨어져 있었기 때문에 그의 옷이 세탁한 지 오래되어 지저분한 얼룩이 묻어 있는 것도 보지 못했다. 그가 봉투를 떨어뜨리기 전에 씩씩거리던 것도 듣지 못했다.

십오 분쯤 후에 누군가 수위실 문을 두드렸을 때 수위는 잠시 졸던 중이었다. 수위는 새로 생긴 부대찌개 집은 배달이 빨라 다행이라고 생각하며 무심하게 들어오세요, 라고 말했고, 얼굴이 벌게진 1302호 남자가 소화기를 어깨 위로 들어올리는 것을 보면서도 그가 그걸로 자신을 후려칠 거라는 생각은 전혀 하지 못했다. 그는 어어, 무슨 일입니까? 라고 물으며 눈두덩을 비볐다. 심지어 그에게 한 걸음 다가가며 얼굴을 내밀기까지 했다.

그는 정신없이 달렸다. 그가 수위의 얼굴에서 용역의 표정을 발견한 순간 느꼈던, 등줄기를 훑어내렸던 서늘함이 점점 더 증폭되고 있었다. 그는 공포심에 완전히 압도당해서 수위로 위장한 그 용역이 너무 나이가 많고 기력이 없고 그를 힘으로 압도하는 것이 불가능하다는 생각을 할 겨를이 없었다.

그는 아파트 단지를 벗어나 수위로 위장한 용역이 더 이상 자신을 쫓아오지 않는다는 사실을 확인하고 나서도 알 수 없는 두려움 때문에 속도를 늦추지 못했다. 숨이 가빠서 가슴에 통증이 느껴질 무렵에야 주위를 둘러봤다. 그는 잠시 멈춰 서서 용역을 완전히 따돌렸다는 사실이 확실해지자 다시 아파트 쪽으로 방향을 틀었다.

어찌 된 일인지 그 위장한 수위는 여전히 수위실에 있었다. 그 다음에는 복도로 이어지는 수위실 문 옆에 놓인 소화기를 보았다. 소화기가 그의 판단을 어지럽혔다. 농성장이 철거될 때 누군가 그를 향해 소화기를 던진 것을 떠올렸다. 그는 머리를 빗맞았는 데도 거의 기절하다시피 했었다.

갑자기 어디선가 전경들이 방패를 바닥에 찍는 딱 딱 딱 따악 딱 소리가 갑자기 귓가에 울리기 시작했다. 그는 주위를 둘러봤지만 소리의 근원지를 찾지 못했고 그러나 딱 딱 딱 따악 딱 하는 소리는 계속 귀를 때렸다. 이제는 비명 소리까지 들리기 시작했다.

"저 새끼다."

"저 새끼가 이자희다. 당장 저 새끼 잡아."

심장이 튀어나올 것 같았다. 그는 자리에서 뱅뱅 돌았다. 그는 어지럼증을 느끼며 소화기를 집어들었다. 그리고 수위실의 문을 열었다.

"들어오세요."

용역은 자신의 신분을 들킨 줄 모르는지 게으른 말투로 인사를 했다. 그는 문을 열고 위장꾼의 얼굴을 다시 확인했다. 위장꾼의 얼굴에서 그가 언젠가 보았던 경멸이 담긴 야비한 미소를 찾아냈다. 그는 인터폰 기기를 보면서 그동안 노조의 비밀들이 새어나갔던 이유를 확실히 알 수 있었다.

수위는 잠시 조느라 웅크렸던 몸을 천천히 움직여 그를 마주보고 섰다. 그러나 그의 눈에는 수위의 얼굴이 마치 링 위에 오른 도전자를 향해 기선을 제압하려는 듯 험악하게 보였다. 그는 수위가 누런 이를 드러내며 아래턱을 목 안쪽으로 깊숙이 찔러넣는 각도에서, 슬쩍 추어올라가는 그의 오른쪽 입꼬리에서, 언젠가 거리에서 자신을 두들기던 용역에게서 봤던 것과 똑같은 표정을 보았다.

그는 이제 곧 수위가 자신에게 달려들 거라는 걸, 미리 준비하고 있던 무기를 꺼내 그의 머리통을 휘갈길 거라는, 얄팍하고 의뭉스러운 속셈을 알았다. 그럴 줄 알고 소화기를 끌고 들어왔지. 가만두지 않겠다. 더 이상은 나도 가만히 있지 않겠다. 심장박동이 점점 더 빨리지며 그의 손끝이 덜덜 떨렸다.

수위는 1302호가 소화기를 들고 있는 것을 보고 복도에 비치된 소화기를 함부로 만져선 안 된다고 잔소리를 할 생각으로 이맛살을 찌푸렸다. 그러나 그는 수위가 드디어 본색을 드러냈다고 생각했고 망설일 것도 없이 수위의 복부를 겨냥해 소화기를 내리찍었다.

수위는 바닥으로 나자빠졌다. 그는 재빨리 주변을 둘러보았다. 그는 바닥에 떨어진 소화기를 다시 집어들고, 이번에는 꿈틀거리며 일어나려고 애쓰는 수위의 어깨를 향해 한 번 더 힘껏 내리찍었다. 수위는 다시 대항할 기운도 없이 자리에 그대로 푹 고꾸라졌다. 수위의 어깨가 떨리기 시작했다. 그는 자기가 왜 그러는지도 모르면서 바닥에 쓰러져 있는 수위의 등을 소화기로 다시 후려쳤다.

그는 수위를 가운데 두고 빙글빙글 돌다가 뒤로 몇 걸음 걷다가 멈춰 서서 씩씩거렸다. 얼굴이 새빨갛게 달아오르고 목뒤가 움찔거리기 시작했다. 그는 가슴팍이 뜨거워지는 걸 느꼈고 다시 소화기를 잡았다.

몽둥이를 다시 쥐어든 그의 가슴이 세차게 방망이질 쳤다.

가만두지 않겠다.

바닥에 엎드린 채 꿈쩍도 않고 있는 수위를 발로 밀어 몸체를 뒤집었다. 수위의 가슴 위로 다시 소화기가 떨어졌다. 그래도 성에 차지 않는지 그는 수위의 배를 밟고 서서 머리를 다시 내리찍었다. 자기가 누구를 어디를 때리는지도 모르는 채로 소화기를 쥔 팔을 휘둘렀다.

더 이상은 가만두지 않겠다.

수위는 소화기로 맞을 때마다 꿈틀거리는 것처럼 보였지만 그가 머리를 밀어 바닥에 쓰러뜨렸을 때 이미 숨이 끊어진 뒤였다. 수위는 가벼운 심장계 질환을 앓고 있었는데 처음 소화기를 맞고 넘어졌을 때 박동이 멈췄다. 그러나 그는 그 사실을 모른 채 언젠가 자신을 향해서 날아왔던 욕설과 발길질과 몽둥이질을 이미 죽은 사체에게 되돌려주고 있었다.

멀리서 누군가 그들을 발견했다. 그 사람은 아직 나이가 어렸고 남자가 혼자서 운동을 하고 있는 줄 알았다. 그러나 몇 발자국 더 가까이 다가가자 그의 손에 소화기가 들려 있는 것과, 그 소화기에 시뻘건 핏덩어리가 들러붙어 있는 것과, 그리고 그가 밟고 서 있는 것이 또다른 사람인 것을 보았다.

그 사람은 겨우 아홉 살이었지만 늘 죽음을 생각하고 있었다. 지난주에 반 친구들로부터 심하게 구타를 당했다. 학기가 시작한 지 한 달도 안 되었는데 벌써 네 번째였다. 그는 경찰서를 찾아갔지만 얘기를 다 들은 경찰은 친절한 목소리로 아량을 베풀듯이 그를 타일렀다. 부모님이나 선생님과 함께 오라고 말했다. 그는 그러고 싶지 않다고 하자 증거가 있어야 한다고 했다.

"병원의 진단서나 사진, 영상 같은 것 말이야."

경찰은 귀찮다는 듯 그렇게 말했다.

그는 지금 자신의 눈앞에서 일어나고 있는 일이 무엇인지를 알았고 주머니에서 핸드폰을 꺼내 덜덜 떨리는 손으로 자기가 본 것을 화면에 담았다.

작가의 말

《없는 사람》은 2015년 5월부터 다음해 4월까지 잡지 《Axt》에 연재했던 '도트'를 수정한 소설이다.

처음에 연재를 시작했을 때 나는 도트에 관해 쓰려고 했다. 나는 그를 전에 한번도 만나본 적이 없었지만 소설을 쓰는 과정에서 결국 만날 수 있을 거라고 생각했다. 인터뷰나 자료조사를 하지는 않았고, 대부분의 사람들이 접할 수 있는 책과 다큐멘터리 영화, 유튜브에 올라온 동영상 정도를 참고했다. 만나서 직접 묻는 대신, 생각하고 생각했다. 직접 묻는다는 것이 나에게는 타인을 손쉽게 이해하는 방법이라고 여겨졌다. 내가 다른 소설을 쓸 때 다른 인물들에게 하는 방식으로, 나만의 치열한 방식으로 그를 만나고 싶었다.

그러나 실패했다. 나는 결국 도트에 대해서 제대로 쓸 수 없었다. 나는 도트가 등장할 때마다 굉장한 부담감을 느꼈고 너무 조심스러워서 어떻게 해야 할지 몰랐다. 소설을 완성하고 난 뒤에는 제목을 '도트'라고 붙일 수도 없게 되어버렸다. 이 소설은 도트가 아니라 무오의 이야기가 되었다.

주인공 무오는 나 자신이기도 하다. 나 자신이라고 생각했기 때문에 무오라는 인물에게는 내내 가혹하게 대하지 않았나 싶다. 이제 와서는 그에게 좀 더 좋은 기억을 만들어주었다면, 따뜻한 우정이나 신뢰를 알려주었다면 좋지 않았을까 하는 생각도 든다. 하지만 나 자신이라고 생각했기 때문인지 마지막 장면까지 무오를 완전히 내몰 수 있었고, 스스로 납득할 수 있는 결말을 지을 수 있었다고 생각한다.

소설을 연재하는 동안 의외로 이부라는 인물이 관심을 끌었다. 사실 나는 이부에 대해서는 별달리 애정을 갖고 있지 않았다. 이부는 애초에 희화하기로 작정한 인물이고 내가 두둔할 필요를 느끼지 않았기 때문인지 아주 제멋대로 떠들어댔다. 그에 대해서는 특별히 고민하거나 시간을 할애하지 않았고 소설을 끝낸 이 시점에서도 여전히 그에 대해서는 별다른 감정이 없다. 백다흠 편집자는 내가 이부의 서사를 제대로 끝맺지 않았다며 아쉬워했지만 나는 그 지적에 동의하면서도 이부에 대해서 딱히 더 얘기하고 싶은 생각이 없었다. 하지만 나의 이 애정 없음으로 인해 이부는 자유를 얻었다. 그는 도트나 무오와 달리, 이 소설 속에서 살아 움직이는 인물이 되었다.

소설을 쓰는 동안 함께해준 동료들에게 가장 고맙다. 임현, 정영수, 김세희, 임승훈, 원재운 소설가는 거친 원고를 읽어주고 함께 고민을 나누었다. 이 친구들과 소설에 대해서 더 많은 이야기를 더 오랫동안 나눌 수 있었으면 좋겠다.

2015년 여름, 소설의 첫 페이지를 들고 강휘와 대화를 나누던 걸 떠올리면 그게 아주 오래전의 일처럼 느껴진다. 강휘는 버린 초고들을 너무 많이 읽어서 나중에는 내용을 잘 알 수 없게 되어버리는 지경에까지 이르렀다. 이를테면 강휘는 무오가 경찰서에 잡혀가서 구류를 살면서 어떤 가출소녀와 이야기 나누는 장면 같은, 소설이 되지 못한 얼토당토않은 이야기까지 다 읽어야 했다. 이 책이 완성되기까지 가장 큰 도움을 준 친구는 아직도 이 소설이 어떻게 완성되었는지 그 내용을 전혀 모르고 있다. 그녀, 강휘에게 많이 고맙다.

처음으로 장편을 써야 했고 겁이 났다. 그때 내가 정말 두려워했던 게 뭐였을까를 생각하면 조금 부끄러워진다. 나는 내가 장편을 못 쓸까봐, 그게 무서웠다. 하지만 이제라도 부끄러운 줄 알았으니 되었다. 소설을 쓰면서 성장한 나 자신에게 언제나처럼 가장 많이 고맙다.

연재의 기회를 주고 출간을 맡아주신 《Axt》와 은행나무출판사에 감사드린다. 그 과정에서 함께해준 백다흠 편집자에게 특히 고맙다. 함께해준 사람들이 아니었다면 시작도, 완성도 하지 못했을 것이다. 혼자서 쓴 글이 아니다.

지금 이 순간에도 자신의 일터에서, 광장에서, 또 보이지 않는 어느 외진 곳에서 세상과 싸우고 있는 많은 분들께 이 글이 누가 되지는 않을까 조심스럽다. 조금 욕심을 부려본다면 농성장을 배경으로 쓰인 소설의 출간이 그들에게 아주 잠깐이라도 힘이 되는 소식이기를 바라본다. 이 책이 세상의 많은 '무오'들에게 자신이 누구인지 생각해보는 시간을 마련해준다면 더없이 좋겠다.

이야기보다 더 이야기 같은, 그러나 이야기가 되지 못한 거리의 수많은 말들보다 한 권의 책으로 묶인 이야기가 과연 더 가치로운가를 의심하면서, 어줍잖은 글솜씨를 가지고 있다는 이유로 너무 긴 시간 동안 발언권을 얻은 것은 아닌지 나 자신을 의심하고 또 의심하면서.

2016년 초겨울

최정화

최정화

1979년 인천 출생. 2012년 창비신인소설상에 단편소설 〈팜비치〉가 당선되어 등단. 소설집《지극히 내성적인》이 있다. 2016 제7회 젊은작가상을 수상했다.

없는 사람

1판 1쇄 발행 2016년 11월 25일
1판 2쇄 발행 2017년 6월 19일

지은이 · 최정화
펴낸이 · 주연선

총괄이사 · 이진희
책임편집 · 백다흠
편집 · 심하은 강건모 이경란 최민유 윤이든 양석한
디자인 · 김서영 이지선 권예진
마케팅 · 장병수 김한밀 최수현 김다은
관리 · 김두만 유효정 신민영

(주)은행나무
04035 서울특별시 마포구 양화로11길 54
전화 · 02)3143-0651~3 | 팩스 · 02)3143-0654
신고번호 · 제 1997-000168호(1997. 12. 12)
www.ehbook.co.kr
ehbook@ehbook.co.kr

잘못된 책은 바꿔드립니다.

ISBN 978-89-5660-588-3 03810

* 한국출판문화산업진흥원 2016년 〈우수출판콘텐츠 제작 지원〉 사업 선정작입니다.